LYRES

nationales,

PAR P.-M. TARGE.

LYON,

CHEZ LES PRINCIPAUX LIBRAIRES.

—

1848.

Lyres Nationales.

LYRES

nationales,

Par P.-M. TARGE.

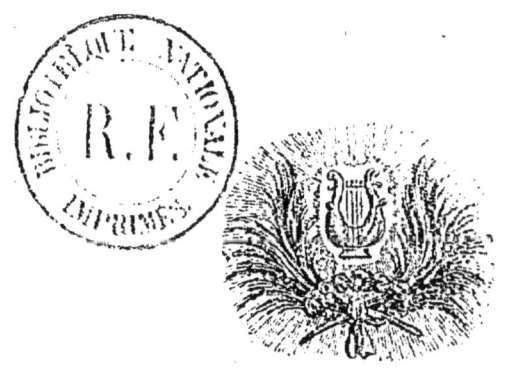

LYON,

CHEZ LES PRINCIPAUX LIBRAIRES.

—

1848.

LE PASSÉ.

LE PASSÉ.

Quand le chemin commence ou qu'il s'est effacé,
Jeune, on a l'avenir, et vieillard, le passé.
        (André Pezzani.)

Dans la succession des âges,

Le présent est trop peu compté ;

Il faut, pour instruire les sages,

Les phases de l'humanité.

Voyageur lancé sur la terre,

Chaque siècle, dans la carrière,

Imprime ses pas éloquents ;

Et l'homme, avide de connaître,

Y cueille, pour ceux qui vont naître,

L'infaillible leçon du temps.

Oh ! que nous lisons de miracles

Aux fastes de notre passé !

Par quels symboliques oracles,

L'avenir nous est annoncé !

Heureux ! si, zélés pour la France,

Nous suivons, de l'expérience,

L'enseignement réparateur.

Heureux ! si le peuple fidèle,

Pour sa vertueuse querelle,

Mùrit tous ses vœux dans son cœur.

por

La nation, impatiente

De ses monarques absolus,

Un jour, se leva menaçante

Et jurant de n'obéir plus.

Résolution magnanime,

Serment formidable et sublime

De trente millions de voix.

Elle l'écrivit dans l'histoire,

Sur les monuments de sa gloire

Et jusques sur le front des rois.

Mais cet impétueux civisme ,

Qui fut le réveil de Paris ,

Devint un sanglant cataclysme

Et joncha nos murs de débris.

Le peuple, sage en ses pensées ,

Retint, de nos mœurs insensées,

Le débordement corrompu.

Pouvait-il aimer la licence ,

Lui, si pur dans son espérance ,

Lui qui ne croit qu'à la vertu ?

Alors, tomba la République ;

Alors, tu te montras soudain ,

Fier géant, tête volcanique ,

Ame de fer et bras d'airain.

D'un coup de ta puissante épée,

Tu commenças notre épopée

Pleine de vaillance et de deuil.

Monté jusqu'au faîte suprême,

Descendu jusqu'au diadème,

Tu t'arrêtas sur un écueil.

⊱◆⊰

Vers la plage inhospitalière

Où tes destins furent conduits,

Le remords, hôte solitaire,

Visita bien souvent les nuits ;

Bien souvent, pour ton infortune,

De ta tyrannie importune,

La pensée étreignit ton cœur.

Tu pressentais, double génie,

Qu'on ferait deux parts de ta vie :

Là, le Consul ; là, l'Empereur.

Consul ! ta voix, forte et chérie,

Du droit proclama le retour ;

Tu fus, de la grande patrie,

L'astre, la couronne et l'amour.

Empereur ! à ta renommée,

Immolant notre jeune armée,

Tu t'enivras d'ambition,

Et, ramenant ton char de guerre,

Tu nous repoussas en arrière

Sous le joug d'un pâle Bourbon.

Hélas! nous n'avions plus de braves,

Tous étaient morts en combattant ;

Ceux qui restaient furent esclaves

Sous le monarque fainéant.

Et les vaincus de cent batailles

Rejetèrent, sur nos murailles,

La chaîne qui les accablait ;

Et, de par la Sainte-Alliance,

On ne songea plus à la France,

Jusques au réveil de Juillet.

Brillant matin, céleste aurore

Où le cri vengeur fut jeté ;

Où sécha le lys incolore

Sous l'arbre de la liberté ;

Où notre vertu citoyenne,

Parcourant la sanglante arène

Sous un feu croisé de boulets,

Arbora son triple symbole,

Et conquit, pour digne auréole,

De beaux lauriers, d'heureux cyprès.

En ces temps de noble délire,

D'héroïsme national,

Oh ! qui nous eût osé prédire

Un esclavage si brutal.

C'est que l'œuvre fut incomplète ;

C'est que ton nom, vieux Lafayette,

Nous a trompés jusqu'aujourd'hui ;

C'est que, livrant la dictature,

Tu nous lanças cette imposture :

« *La République est avec lui.* »

❧

Pacte ingrat, hymen adultère

Bien triste à notre souvenir ;

Voile étendu sur la lumière ;

Mur dressé contre l'avenir.

Avouons-le : ces faux grands hommes,

Pauvres innocents que nous sommes,

Ne sont nés que pour nous tromper ;

Peuple ! quelle serait ta gloire,

Si tu savais, dans la victoire,

Penser comme tu sus frapper !

Déjà, depuis dix-huit années,

Courbé sous de tardifs regrets,

De tes erreurs infortunées,

Tu pleures les sombres effets.

Ne perds pas toute confiance,

Le moment de ta délivrance

N'est pas différé pour toujours.

Courage ! dévore tes larmes,

Quand il faudra prendre les armes,

Le ciel t'enverra bien trois jours.

Tu vois comment la violence

A récompensé ta douceur;

Où ta crédule complaisance

A précipité ton bonheur.

Guidé par un meilleur génie,

Puisses-tu, de la tyrannie,

Briser le sceptre détesté,

Puisses-tu, comblé de vengeance,

A jamais établir en France

Un empire à la Liberté.

Janvier 1818.

A la République.

À la République.

✽

France! où sont-ils, ces vautours du pouvoir,

Assouvis d'or au fond des Tuileries?

Quel coup, quel Dieu propice à notre espoir

A dissipé ces farouches harpies?

Le vertige a saisi les tyrans soupçonneux.

Ils tramaient notre chute, ils sont tombés eux-mêmes,

Et leurs vils diadèmes

Ont, sous des flots de sang, fait naufrage comme eux.

2

Alerte ! voici la justice !

La liberté fait peur aux despotes jaloux.

Soldats, peuple, conscrits, généreuse milice,

Pour la défendre entrons en lice ;

Marchons ! la France est avec nous !

Adieu Plutus ! adieu règne d'argent !

Fuis loin de nous avec ton ombre immense.

Pour étouffer ton sanglot indigent,

Un bras d'airain t'étreignait, pauvre France !

Mais un jour, jour d'orgueil, au cri de liberté,

Le pays tout entier, indigné d'être esclave,

A su devenir brave,

Et briser une lance avec la royauté.

Alerte! voici la justice!

La liberté fait peur aux despotes jaloux.

Soldats, peuple, conscrits, généreuse milice,

Pour la défendre, entrons en lice;

Marchons! la France est avec nous!

⁂

Qui, désormais, osera sous sa loi,

Courber le front de nos preux camarades?

Ne craignons rien, ce n'est pas pour un roi

Que Février a fait ses barricades. .

Nous avons renvoyé l'arrogant parvenu;

Le ciel a secondé notre juste colère,

Et le vieux Bélisaire,

Hier, s'en est allé comme il était venu.

Alerte ! voici la justice !

La liberté fait peur aux despotes jaloux.

Soldats, peuple, conscrits, généreuse milice,

Pour la défendre, entrons en lice ;

Marchons ! la France est avec nous !

Descends, progrès ! Que, dans nos bras porté,

Ton saint flambeau menace les rebelles !

Égalité, douce fraternité,

Protégez-nous, couvrez-nous de vos ailes !

Italie, Helvétie, unissons nos drapeaux !

Lève-toi, toi qui dors, ô sœur de ma patrie ;

O Pologne chérie !

Notre chant de réveil fait pâlir tes bourreaux !

Alerte ! voici la justice !

La liberté fait peur aux despotes jaloux.

Sodats , peuple , conscrits , généreuse milice ,

Pour la défendre, entrons en lice ;

Marchons ! la France est avec nous !

※

O belle France , où sont les étendards ?

Dépose-les dans nos mains citoyennes !

Lancez la mort boulets , sabres , poignards !

Guerre aux tyrans ! frappons-les de nos chaînes !

Reçois , ô liberté , notre hommage innocent :

S'il faut un holocauste à ta juste colère ,

O notre auguste mère ,

Des traîtres de juillet nous t'offrirons le sang.

Alerte ! voici la justice !

La liberté fait peur aux despotes jaloux.

Soldats, peuple, conscrits, généreuse milice,

Pour la défendre, entrons en lice ;

Marchons ! la France est avec nous !

※○※

Tremblez, ingrats ! Tremblez, pâles Nérons !

Entendez-vous notre hymne de batailles ?

Roulez tambours ! sonnez bruyants clairons !

De ces faux dieux sonnez les funérailles....

Poursuivons un succès qui n'a pas son égal ;

Dignes ne nos amis tombés au champ de gloire,

Couronnons leur victoire,

Ou moissonnons comme eux un cyprès triomphal !

Alerte ! voici la justice !

La liberté fait peur aux despotes jaloux.

Soldats, peuple, conscrits, généreuse milice,

Pour la défendre, entrons en lice ;

Marchons ! la France est avec nous !

O liberté ! noble envoyée des cieux,

A toi le sceptre ! à toi la dictature !

Toi seule auras notre amour et nos vœux ;

Excepté toi, tout le reste est parjure.

Viens, reçois nos serments et monte sur l'autel.

Viens, monte sur le trône où fut la sombre idole ;

Que ton sacré symbole

Soit pour nous le garant d'un bonheur immortel !

Alerte ! voici la justice !

La liberté fait peur aux despotes jaloux.

Soldats, peuple, conscrits, généreuse milice,

Pour la défendre, entrons en lice ;

Marchons ! la France est avec nous !

Mars 1848.

CHARLOTTE CORDAY,

CHARLOTTE CORDAY.

꧁❀꧂

> Vous verrez près de vous, dans ces chœurs d'innocence,
> Charlotte au cœur d'airain qui vous vengea d'avance.
>
> (Victor Hugo.)

C'était pendant ces jours d'héroïque mémoire,

Où la France, au lever d'un beau siècle de gloire,

Vouait les premiers-nés de sa maternité

A ce mythe divin qu'on nomme Liberté.

Son bras dominateur, que poussaient les tempêtes,

Passait sur tous les rangs et nivelait les têtes.

Qu'elle était forte alors ! sous le glaive des lois,

Elle avait, en un seul, puni soixante rois.

Le passé semblait mort dans ce vaste naufrage ;

Mais l'avenir naissait avec sa grande image,

Et déjà la patrie osait croire au bonheur.

Hélas ! le lendemain dissipa son erreur.

Deux étendards rivaux disputaient la puissance.

Les Girondins, ces dieux de la haute éloquence,

Ces sages du conseil, de qui le noble cœur

D'un féroce parti modérait la fureur,

Dans cette liberté, fille de l'espérance,

N'avaient imaginé que la sœur de la France ;

Que la jeune héroïne, au front pur, au bras fort,

Et non pas la furie en pacte avec la mort.

Dès longtemps, sous leurs yeux, un monstre domestiqué,

La Montagne, élevait sa tête volcanique.

De ses horribles flancs, la foudre en longs éclats

Jaillissait,.... et le peuple applaudissait d'en-bas.

A ses pieds s'agitaient, dévorés d'énergie,

Ces apôtres armés de la démagogie ;

Ces orageux tribuns, au rire ensanglanté,

A travers les horreurs cherchant la liberté,

Leur liberté !!! c'était une parque farouche ;

Toujours des cris de mort s'échappaient de sa bouche ;

Sous d'austères haillons, elle avait un poignard ;

Et, pareille à Méduse, immolait d'un regard.

La Montagne, exaltée, ardente à tout détruire,

Aux plus ambitieux inspirait son délire.

Elle poussait à bout ses sinistres desseins ;

De peur que le succès ne lui tombât des mains.

Chère à la populace à force d'insolence,

Soudain elle gronda de toute sa vengeance;

Recueillit, irrita, lança ses ouragans,

Et lâcha la barrière à ses fougueux torrents.

Les Girondins, cédant à cette affreuse lutte,

S'honorèrent du moins d'une intrépide chute;

S'ils durent s'exiler, ils revinrent bientôt

Étonner l'univers au pied d'un échafaud.

La discorde se tut.... Mais, dans la Normandie,

S'allumait le foyer d'un nouvel incendie:

Une vierge de Caen, courageuse beauté,

Seule, s'acheminait vers la grande cité.

La fleur de la vertu, les roses du bel âge,

De leurs charmes naïfs, coloraient son visage;

Elle avait, à la fois, les plus chastes attraits;

L'esprit le plus ardent, le cœur le plus français.

Quelle pensée errait dans ces regards de flamme ?

Quel espoir caressait ce sourire de femme ?

Qui l'inspirait ?... Était-ce un de ces rêves d'or ?

Était-ce un avenir ?... un amour ?... Mieux encor.

De la Convention elle avait vu l'aurore ;

Elle suivait de l'œil ce brûlant météore ;

Intrépide, elle allait pour lui sonder les flancs,

Au risque d'y périr avec ses vingt-cinq ans.

Elle arrive à Paris..... L'immense capitale

Hurle tous les refrains d'une orgie infernale.

Jacobins, Cordeliers, insignes égorgeurs,

Luttent de cruautés, rivalisent d'horreurs.

Gorgés d'assassinats au fond de leurs repaires,

Malheur ! à qui brava leurs sauvages colères,

Qu'il s'endorme le soir ! avant le lendemain,

Son sang aura rougi le poignard inhumain.

Auguste République, ah ! qu'es-tu devenue ?

Tes clubs, tes comités, puissance parvenue,

Après t'avoir vengée en face des tyrans,

Inventent contre toi les forfaits les plus grands.

Du sceptre de l'état, lâchés dépositaires,

Ils l'ont imprudemment tourné contre leurs frères.

Ils ont frappé leur mère... Eh bien ! voici leur tour ;

Une infaillible main marqua leur dernier jour.

Instruite par ses yeux, la fière citoyenne

Sent renaître en son sein une indomptable haine.

Elle aperçoit, au fond des listes du trépas,

Des noms chantés tout haut et blasphémés tout bas,

Le farouche Danton, le sombre Robespierre,

Marat, ce monstre-né, ce tigre populaire,

Qui, pour mieux contenter sa folle ambition,

S'était fait anathème et révolution ;

Qui, pour mieux assouvir ses passions ingrates,

Au cœur de la patrie imprimait ses stigmates.

Elle veut détrôner ce fantôme insolent ;

Elle entre... que voit-elle ? Un cadavre vivant,

Que torture d'avance un génie invisible ,

Un autre Antiochus, ceint d'une plaie horrible.

Étendu dans son bain comme dans un tombeau,

A la pâle clarté d'un livide flambeau ,

Noircissant son journal d'atroces calomnies,

Rêveur, il méditait d'autres ignominies,

Et d'une main lépreuse, avec beaucoup d'effort ,

De ses concitoyens il écrivait la mort.

La vierge s'approchait, superbe d'assurance,

A lui voir tant d'audace, on eût dit que la France ,

Tout-à-coup descendue aux pleurs de ses enfants,

Allait juger en lui le démon des méchants.

Elle parla de ceux qu'il avait fait proscrire...

Marat lui répondit par un affreux sourire,

Jura qu'à son courroux aucun n'échapperait,

Et que la guillotine..... Il s'est tu, c'en est fait ; -

Son sort est accompli. Cette sanglante lame,

Plus juste que la foudre, a renversé l'infâme ; —

Jamais le bras divin ne s'est montré si prompt.

Voyez rouler ces yeux ; voyez tomber ce front ;

Écoutez cette voix naguère si brutale,

Ce tocsin de l'émeute étouffé dans un râle.

Tu succombes enfin ; tu meurs, homme-fléau,

Livré, deux ans trop tard, au terrible couteau.

La sainte humanité, si longtemps outragée,

Par ta chute fatale est à moitié vengée.

Peut-être ton pays adorera ton nom ;

Tu monteras peut-être au sacré Panthéon ;

Mais l'avenir rira de ton apothéose,

Et la postérité qui règle toute chose,

Rendra, quand sa balance aura pesé tes jours,

Ta mémoire à l'opprobre et ta cendre aux vautours.

Et toi, cœur généreux, femme trop magnanime,

Va, fuis, laisse expirer ton immonde victime...

Non! pour couronner l'œuvre, elle a droit de souffrir;

Le bonheur est à vaincre, et la gloire à mourir.

Les flots tumultueux d'une tourbe cruelle,

Avec des bruits de mort vont se heurter contre elle.

Ce peuple qu'elle aima, qu'elle voulut sauver,

Sous le fouet assassin, craint de se relever;

Avec ses ennemis il fait cause commune,

Maudit ses défenseurs, insulte à sa fortune;

Et, poussant l'injustice à son plus bas degré,

Charge de fers un bras que Rome eût adoré.

Dans un obscur cachot, l'héroïne est traînée,

Elle n'y dément pas sa noble destinée;

Un sourire si pur, tant de sérénité

Révèlent l'innocence avec l'adversité.

Le remords, si terrible aux faibles caractères,

Ne trouble pas la paix de ses nuits solitaires;

Et le noir repentir, par de tristes combats,

Au jour de l'abandon ne la visite pas.

Elle s'énorgueillit de ce qu'elle a dû faire,

Tant la mort d'un pervers lui semblait nécessaire.

O vierge ! ne crains pas les lâches détracteurs ;

Couvre de ton dédain leurs ingrates clameurs.

Vainement, on s'acharne à réprouver ta gloire,

Car ton nom sera grand aux regards de l'histoire ;

Car la postérité, ce juge courroucé,

Qui pèse dans sa main les Marats du passé,

Équitable envers toi, martyre citoyenne,

Maudira leur mémoire et bénira la tienne.

Tu le comprends ; ces lieux, où ton sang va couler,

Verront bientôt encor d'autres têtes rouler ;

De nos jours, le vainqueur suit de près la victime,

Et la douce innocence a le destin du crime.

Un jury déloyal tient ton sort en ses mains ;

Il te condamne..... Allons, fille des Girondins,

Par ton illustre exemple encourage leur crainte ;

Apprends-leur à mourir pour la liberté sainte !!!

    Nulle pitié ne vint l'arracher au bourreau.

Tranquille, elle attendit le fatal tombereau.

Et la religion, cette sœur si fidèle,

Pour la fortifier n'y fut pas avec elle ;

Et ce Dieu, qui l'arma d'un bras si généreux,

A ses derniers instants n'entendit pas ses vœux ;

Et cette liberté qu'elle avait tant aimée,

Qu'au prix de tant de soins elle croyait trouvée,

Qu'elle avait désirée à l'égal des Brutus,

Fut une illusion, un désespoir de plus.

Mais son lit funéraire, où veillent nos présages,

N'en a pas moins de droits à nos justes hommages;

Et le ressouvenir de ses hardis bienfaits

N'en parle pas moins fort au cœur de tout Français.

Novembre 1847.

UNE ÉTOILE.

UNE ÉTOILE.

> Tentes du ciel, édens, temples, brillants palais,
> Vous êtes un séjour d'innocence et de paix.
> Dans le calme des nuits, à travers la distance,
> Vous en versez sur nous la lointaine influence.
>
> (LAMARTINE.)

Sur ce vague horizon, quel flambeau vient d'éclore

Au milieu des roses du soir?

N'est-ce pas l'ange de l'espoir

Qui doit veiller jusqu'à l'aurore?

Que sa tête est brillante et son front radieux ;

Comm' il étincelle dans l'ombre.

Son sourire muet console la nuit sombre

De l'absence du roi des cieux.

***

Pour qui la voit de près, que cette étoile est belle,

Que son éclat est noble et doux.

Aigles audacieux, portez-moi sur votre aile,

Montons à la voûte éternelle,

Je veux la fixer avec vous.

***

Jamais les mines de Golgonde ;

Jamais le sein du nouveau monde

N'offrit un trésor aussi pur.

C'est une perle de lumière ,

Un diamant incendiaire

Qui roule dans des flots d'azur.

On dit que le soleil dont elle est messagère ,

Parcourant, loin de nous , son immense carrière,

L'embràse de ses vastes feux.

On dit que c'est un monde , admirable et sublime ,

Qu'une puissante main suspendit dans l'abime ,

D'où venait de s'enfuir le chaos ténébreux.

Un obscur nuage, autour d'elle ,

Jaloux de sa pure clarté ,

Pour la couvrir d'obscurité,

Sur son front éclatant déploie en vain son aile.

Ainsi quand de noirs envieux

Osent jeter sur le génie

La fange de la calomnie,

De leur cohorte immonde il sort plus radieux.

⚘

Brille toujours, ô belle étoile ;

De la nuit dissipe le voile,

Montre-nous la splendeur des cieux.

Luis sur le nid de la feuillée,

Sur le chantre de la vallée,

Sur les génisses du pasteur.

Luis dans l'épais cachot où pleure l'innocence.

Douce compagne du silence,

Ramène à son chemin le pauvre voyageur.

Dans sa demeure solitaire,

Va visiter la jeune mère

Qui prie au berceau de son fils.

Sois le flambeau de l'espérance,

Sois l'esprit gardien de la France,

Et sois le délateur de tous ses ennemis.

Septembre 1846.

Au Mois de Mai.

Au Mois de Mai.

Joies et Larmes.

◇❈❈◇

Tendre roi du printemps, dieu des métamorphoses,

Reviens, rends à la France un bonheur éclipsé.

Étale ton manteau de roses

Sur les épines du passé.

Viens, impose silence à la voix des tempêtes ;

Que ton heureux aspect réjouisse nos bords.

Viens dissiper les maux qui pèsent sur nos têtes,

Viens enrichir ces lieux de tes riants trésors.

Affreux instruments de vengeance,

Hélas ! les fléaux conjurés,

Pour obéir au ciel, tombent, d'intelligence,

Sur les peuples désespérés.

Que le monde est changé! Les éléments rebelles,

De leurs antiques lois ont suspendu le cours,

Et le soleil, des voûtes éternelles,

N'éclaire que d'horribles jours.

Longtemps, nous avons vu de pesantes nuées,

De leur étreinte humide, embrasser l'horizon.

A la merci des vents, dans l'espace lancées,

Les ondes ont brisé leur mouvante prison.

Roulant du sommet des montagnes,

Sous leurs immondes tourbillons,

Les torrents indomptés, de nos vastes campagnes

Ont enseveli les sillons.

Les fleuves ont franchi leurs digues écroulées ;

Rien n'a pu résister à la lutte des flots,

Et nos cités, sous leurs masses foulées,

Ne sont que d'immenses tombeaux.

Tendre roi du printemps, dieu des métamorphoses

Reviens, rends à la France un bonheur éclipsé.

Étale ton manteau de roses

Sur les épines du passé.

Si, du moins, avertis par ces longues alarmes,

Nous avions su prévoir d'effroyables malheurs;

Mais c'était peu, sans doute, il fallait d'autres larmes,

Il fallait d'autres coups pour attendrir nos cœurs.

    Le Seigneur va frapper encore,

    Sa justice est prête; tremblons!

Atômes, qu'ici-bas l'égoïsme dévore,

    Il menace... et nous le bravons.

Prostitués, sans honte, à nos penchants frivoles,

Nous avons oublié que nous étions mortels.

    Les passions sont nos seules idoles,

    Le luxe a partout des autels.

Nos jaloux ennemis, s'exerçant aux vengeances,

Endurcissent encor notre siècle d'airain;

Et l'avare étranger, riche de nos souffrances,

Croit nous donner l'aumône en nous vendant du pain.

En vain, d'un rêve salutaire

Nous sommes encore bercés ;

Les plus rudes travaux, d'un stérile salaire,

Sont à peine récompensés.

De lourds spéculateurs étouffent l'industrie ;

Le génie a son frein, les arts ont leurs tyrans,

Et les besoins se disputent la vie

Comme des vautours dévorants.

Tendre roi du printemps, dieu des métamorphoses,

Reviens, rends à la France un bonheur éclipsé.

Étale ton manteau de roses

Sur les épines du passé.

L'homme a trop mérité sa triste destinée ;

Terre, dépouille-toi de ton premier orgueil.

Veuve de tes attraits, reine découronnée,

Cache ton pâle front sous ta robe de deuil.

De ses ténébreuses retraites,

L'hiver, dans nos sombres climats,

A, promenant au loin ses farouches conquêtes,

Montré son sceptre de frimats.

L'atmosphère, s'armant de ses rigueurs cruelles,

A semblé seconder les froids tyrans du nord.

Et l'aquilon, sur ses lugubres ailes,

En cent lieux a porté la mort.

⚹

Un monstre épouvantable, escorté d'infortunes,

A dirigé vers nous ses pas intelligents,

La faim !!! Elle jouit des misères communes ;

Elle a fixé sa cour sous nos toits indigents.

Voyez! des palais aux chaumières

Semant ses fatales terreurs,

Elle va, soulevant les masses populaires,

Souffler de tragiques fureurs.

C'est en vain qu'on gémit ; c'est en vain qu'on espère ;

Chaque heure nous appelle à de nouveaux tourments,

Et la nature, impitoyable mère,

Ne veut plus nourrir ses enfants.

Tendre roi du printemps, dieu des métamorphoses,

Reviens, rends à la France un bonheur éclipsé.

Étale ton manteau de roses

Sur les épines du passé.

C'est trop souffrir ! Fuyez, noirs démons de détresse ;

Rejetons loin de nous la coupe des douleurs.

Enivrons d'oubli, de joie et d'allégresse,

Plus de cyprès ! chantons, couronnons-nous de fleurs.

Salut, adorable espérance !

Souris à nos yeux étonnés.

Viens, sur ton aile d'or, ramène l'abondance !

Chastes délices, revenez !

Et toi, soleil de mai qu'invoque ma prière,

Féconde l'avenir de tes aimables feux !

Jours désirés, rajeunissez la terre,

Dans un réveil voluptueux !

Barde ailé de nos bois, plaintive Philomèle,

Devance la lenteur des timides zéphirs.

Du jeune troubadour, viens, compagne fidèle,

Viens ranimer ma lyre à tes premiers soupirs !

Pèlerine longtemps absente,

Hirondelle de mon hameau,

Abandonne l'exil, revole, impatiente,

Aux lieux qui furent ton berceau.

Tu reverras encor ta couche héréditaire ;

De tes sages travaux, tu reprendras le cours.

J'écouterai ton hymne printanière,

Je protègerai tes amours.

Tendre roi du printemps, dieu des métamorphoses,

Reviens, rends à la France un bonheur éclipsé.

Étale ton manteau de roses

Sur les épines du passé.

Quand pourrai-je admirer tes séduisants prestiges ?

Que dis-je ! Bénissons tes auspices cléments.

Nous avons salué l'aurore des prodiges ,

Et le monde est soumis à tes enchantements.

Voici que le riant boccage

Revet ses ornements pompeux ,

Ses tapis émaillés , ses dômes de feuillage ,

Et ses panaches orgueilleux.

Le ruisseau, s'échappant de ses grottes fleuries ,

Caresse le gazon , de son flot libéral ,

Et son caprice entoure les prairies

D'une ceinture de cristal.

⟐

Que d'imposants tableaux ; que de touchantes scènes ,

Intéressent mes sens , naguère indifférents ,

Lorsque, d'un œil distrait, interrogeant nos plaines,

Je suis mon ame ardente et mes songes errants.

Oh ! que les campagnes sont belles ;

Que d'éclatantes nouveautés !

Tout parle d'avenir ! des fraîches cascatelles,

Les frémissements argentés ;

Le murmure tremblant qui parcourt la feuillée ;

Le souffle parfumé du jeune amant des fleurs ;

L'oiseau des bois, l'écho de la vallée

Et la musette des pasteurs.

Tendre roi du printemps, dieu des métamorphoses,

Reviens, rends à la France un bonheur éclipsé.

Étale ton manteau de roses

Sur les épines du passé.

Aimable papillon, chef-d'œuvre d'élégance,

Symbole du zéphir et léger comme lui;

Le temps est favorable à tes jeux d'inconstance,

Mêle aux beautés d'hier tes beautés d'aujourd'hui.

Voici le règne des merveilles;

Sortez de vos obscurs tombeaux,

Essaims laborieux, diligentes abeilles,

Volez à vos nobles travaux.

Les graces du parterre ont incliné leurs têtes,

Et semblent inviter un glorieux larcin;

De l'ambroisie, offerte à vos conquêtes,

Dépouillez leur fertile sein.

✻

Quand on a si longtemps éprouvé ta colère,

Seigneur, qu'on est heureux d'éprouver ta douceur.

Tu nous frappas en Dieu, tu nous guéris en père;

A jamais ton saint nom vivra dans notre cœur,

Soit, qu'à la nature altérée,

Versant le tribut de ses pleurs,

L'aube, prisme douteux, inonde l'empyrée

De ses matinales couleurs;

Soit, qu'au retour du soir, déployant ses longs voiles,

Et s'abattant sur nous d'un vol silencieux,

L'ange des nuits embellisse d'étoiles

L'éternel pavillon des cieux.

⁂

Tendre roi du printemps, dieu des métamorphoses,

Viens, rends-nous un bonheur tant de fois éclipsé.

Étale ton manteau de roses

Sur les épines du passé.

Le passé..... Démentons tous ses trafics vulgaires.

Nous, si grands ; nous, Français ; quoi ! nous serions ingrats.

Complices des bourreaux, nous laisserions nos frères

Expirer sous la verge en nous tendant les bras.

O Pologne ! ô sœur de la France !

Compagne de nos vieux drapeaux,

Espère..... Ne crains pas qu'une injuste puissance

Arrache tes derniers lambeaux.

Preux, martyrs de l'honneur, debout ! lancez la foudre !

Nos vœux, notre valeur, notre sang sont à vous.

Vos oppresseurs retomberont en poudre

Et disparaîtront sous vos coups.

La France, à son épée, assujettit la gloire.

Un tyran peut l'abattre ; il ne peut la changer.

Son peuple, aidé par vous en ses jours de victoire,

A, sur tous ses autels, juré de vous venger.

En vain, dans sa fureur inique,

Le despotisme menaçant,

Cherche, par ses détours de lâche politique,

A trahir encor son serment.

Nous ne subirons pas ses traités rétrogrades,

Et, si la force impie ose outrager nos droits,

Nous monterons ensemble aux barricades

Pour y juger le sort des rois.

Tendre roi du printemps, dieu des métamorphoses,

Viens, rends-nous un bonheur tant de fois éclipsé.

Sur les ruines du passé,

Sème les lauriers et les roses.

Avril 1817.

Mort des Girondins.

Mort des Girondins.

❖❖❖❖❖

Le crime fait la honte, et non pas l'échafaud.
(CORNEILLE.)

Pourquoi cette foule qui passe

Envahissant Paris de ses immondes flots?

Pourquoi ce bruit de mort qui roule dans l'espace

Répété par de sourds échos?

A-t-on promis encor des septembres nouveaux

A cette horrible populace ?

Venez voir, venez admirer

Un exemple qu'un jour on ne saura plus croire,

Un paroxisme de l'histoire,

A qui l'antiquité, si fière de sa gloire,

Dans ses quatre mille ans n'a rien à comparer.

Vingt hommes, pur sang de la France,

Avec tous les talents et toutes les vertus,

Grands comme les Catons, forts comme les Brutus,

Élus du peuple, armés de sa toute-puissance,

Consacrant leurs efforts à la postérité ;

Ont, sur le sol natal, planté la liberté ;

Jeté, de l'autel dans la poudre,

L'orgueil aristocrate et le lys des tyrans ;

Aux menaces des lois, associé la foudre,

Confondu tous les noms, applani tous les rangs ;

   Sous un audacieux symbole,

   Rallié nos preux citoyens,

Et fait courber, deux ans, les dieux européens

   Sous le sceptre de la parole.

L'auguste nation, dont leur puissante voix

   A proclamé l'indépendance,

   Aujourd'hui, de ses nouveaux droits,

A la face du ciel, tente l'expérience ;

Et, suivant le conseil de ses adulateurs,

   Va rendre, à ses vieux défenseurs,

Un dernier souvenir de sa reconnaissance.

Ils triomphent..... Venez, le cortége est bien près.

Contemplez ce drapeau français

Qui, pareil à la gloire, étend sur eux ses ailes ;

Écoutez retentir, en notes solennelles,

    L'hymne vengeur des Marseillais.

A qui peut la sentir que cette plainte est chère,

Que ce cri d'avenir renferme de secrets ;

Dans ces sons palpitants, dans ses brûlants souhaits,

    Leur ame a passé tout entière.

O patrie, à ton nom, quels cœurs assez ingrats

    Ne se fondraient en sacrifices ;

    Patrie, idole d'ici-bas ;

    Patrie, océan de délices ;

Patrie, amour sacré qui ne lasse jamais,

Nous adorons encor tes douloureux caprices,

    Et nous bénissons tes supplices,

    En mémoire de tes bienfaits.

Escortés d'ignobles séïdes,

Roulaient de pesants tombereaux ;

Tout autour, mugissaient les clameurs homicides

D'un peuple obstiné de bourreaux.

Suspects pour des vertus qui parurent des crimes ;

D'espérances trop magnanimes,

Interprètes désespérés ;

Désavoués, marqués du sceau de la vengeance

Par cette liberté qui devint la licence,

Dont ils ralentissaient les vœux immodérés ;

Accusés pour le bien qu'ils avaient osé faire ;

Condamnés à faux pour l'erreur,

Dont chacun d'eux fut l'adversaire ;

Sûrs de leur conscience, acquittés par l'honneur,

Les Girondins marchaient à leur fête dernière,

Heureux de n'obtenir, au bout de leur carrière,

Que le triomphe du malheur.

Ils allaient, du martyre, épouser l'auréole,

L'échafaud, ce berceau de la célébrité,

Se dressait devant eux, comme le capitole,

    Sur le chemin de l'immortalité !

Approchez, montagnards, apôtres d'imposture,

    Lâches courtisans des haillons ;

    Vils monstres à qui la nature,

Jusques à la pitié, refusa tous ses dons ;

Approchez, de leur sang écoutez le murmure....,

Ils tombent, aujourd'hui que de vos trahisons

    La France entière est la curée ;

Aujourd'hui que le peuple a perdu la raison.

Mais vous, de qui l'orgueil aspire au Panthéon,

Vous périrez le jour qu'il l'aura recouvrée.

Ils vont mourir !!! Ducos, ce rêveur exalté,

    Ce doux favori de la lyre,

Dans ce fatal moment, garde encor son fou rire

    Et sa juvénile gaîté.

Fonfrède est avec lui qui l'inspire et l'enflamme,

Fonfrède son trésor, sa gloire et son secours,

    La douce moitié de son ame,

    Le compagnon des mauvais jours.

Ils bénissent tous deux le coup qui les rassemble,

    Rare modèle d'ici-bas,

Couple saint, vrais amis, ils courent au trépas,

    Trop heureux d'y courir ensemble.

Sillery, ce vieillard qui, sous ses cheveux blancs,

    Cachait un cœur tout brûlant pour la France,

    Tend vers le ciel ses bras tremblants,

Et dit, en souriant à l'horrible sentence :

Salut ! ô jour brillant, jour qui finis mon deuil ;

Salut ! couronne de ma vie ;

Viens, liberté ! descends, patrie !

Je vous donne mon sang, défendez mon cercueil !

Taisant sa verve incendiaire,

Abdiquant, dédaigneux, sa popularité,

Brissot, naguère si vanté,

Est devenu la fable et l'horreur du vulgaire.

Le souvenir de tant d'efforts

Stériles, et perdus pour la cause commune,

Ainsi que le cri du remords,

Jusqu'au seuil du tombeau, l'obsède et l'importune.

Mais il va recouvrer le repos qui l'a fui.

Celui qui l'envoya se souviendra de lui.

Voici l'aigle de la tribune,

L'héritier du grand Mirabeau,

Celui-là qui, des rois, combattit la fortune,

Et remporta sur eux un triomphe si beau.

Qu'il est majestueux, et comme sa pensée

Jaillit avec éclat de sa bouche inspirée.

A son triste pays il vient léguer ses vœux,

Sa voix est toujours noble et toujours éloquente. —

Français, prêtez l'oreille, écoutez ses adieux! —

Oh! qu'il sait bien pleurer la liberté mourante!!!

N'importe, le nom de Vergniaud

Est trop grand pour survivre aux secousses publiques.

A lui, qui méritait des couronnes civiques,

On décernera l'échafaud.

Dirai-je, ô Valazé, la fierté magnanime,

Toi, qui pour échapper au fer du montagnard,

Nouveau Caton, osas, par une erreur sublime,

  Te percer le sein d'un poignard ?

Puis-je louer assez le courageux Isnard ?

  Gensonné, si plein de constance ?

Duprat, Fauchet, La Source, apôtres d'espérance,

Trop longtemps méconnus, mais honorés plus tard

  D'un cyprès de reconnaissance ?

Que leur reproche-t-on ? quel si noir attentat

  Flétrit leur brillante carrière ?

Ils ont fait reculer, dans son étroite ornière,

  Le char vagabond de l'état,

Au progrès, ce passant rapide, infatigable,

Ils mesuraient sa course à leur sage compas ;

Mais le progrès les a renversés sur le sable

  D'un pied qui ne pardonne pas.

Ils ont voulu, s'armant d'une audace tardive,

Des révolutions contenir le torrent,

    Mais, les balayant sur sa rive,

Il les a noyés tous dans son gouffre sanglant.

    Idolâtres de leur patrie,

Et doués de vertu plutôt que de génie,

Ils furent dévoués, prudents et généreux.

Il ne leur manquait rien..... excepté le courage.....

Ils n'eurent que des mots à jeter à l'orage,

Et la rivalité découronna leurs vœux.....

C'est assez..... L'avenir relira dans l'histoire

    Leurs patriotiques efforts.

    Ils étaient vaincus, ils sont morts;

    Ce fut leur devoir; c'est leur gloire!

Décembre 1847.

A LA LIBERTÉ.

A LA LIBERTÉ.

✱✿✱

Libertas quæ sera tamen respexit inertem....
(VIRGILE.)

O liberté, descends des célestes collines,

Ton noble règne est arrivé;

L'esclavage, sur ses ruines,

A vu ton autel relevé.

6

Le peuple, las enfin de frémir sous sa chaîne,

A jeté son gant dans l'arène,

Au front du tyran réprouvé.

Ce coupable vieillard, sourd au bruit du tonnerre,

Par d'iniques flatteurs trompé,

Se croyait plus haut que la terre,

Dormant sur son trône usurpé.

L'aveugle! l'insensé! dans sa folle espérance,

Il jurait de frapper la France,

C'est la France qui l'a frappé.

En vain, de ses aïeux les gémissantes ombres

L'avertissaient de leur cercueil;

Assis sur de vastes décombres,

Il se berçait d'un sot orgueil.

Il ne pressentait pas qu'on vaincrait sa furie,

Que Dieu, le dieu de la patrie,

L'attendait au pied d'un écueil.

>0<

Soupçonneux et brutal, altéré de vengeances,

Despote d'un peuple innocent ;

Humble protégé des puissances,

Dont il subissait l'ascendant ;

Vaniteux ennemi des libertés publiques,

Corrupteur des vertus civiques,

Roi par l'argent et pour l'argent.

>0<

Abruti de forfaits et blasé de parjures,

Ce monstre d'infidélité,

Après dix-huit ans d'impostures,

Tombe comme il était monté.

Accablé du remords d'horribles fusillades,

Il roule sous les barricades,

Naufragé de la royauté.

Et pour le soutenir au milieu des orages,

Nul courtisan ne suit ses pas,

Tel, hier l'enivrait d'hommages

Qui, déjà, ne le connaît pas.

Il comptait peu d'amis autour du diadème,

Et méritait, ingrat lui-même,

D'être servi par des ingrats.

Qu'il trouve dans l'exil ses odieux complices,

Les instruments de ses excès;

Qu'il leur reproche ses supplices,

Qu'ils lui reprochent ses bienfaits.

Puissent-ils, loin de nous, traîner leurs infortunes

Et, par des tortures communes,

Expier leurs communs forfaits.

Qu'il y rencontre aussi tous ces rois sanguinaires

Qui, forts de leurs nombreux soldats,

Buvaient les larmes populaires

Et pillaient leurs tristes états.

Chassons, à tout jamais, ces arrogants perfides,

Livrons au feu leurs trônes vides;

Toi seul, peuple, tu règneras.

Toi seul, tu régleras la destinée auguste

Et les droits sacrés du pays ;

Toi seul, tu sauras être juste

Même pour les vils ennemis.

Tu te ressouviendras de tes jours de misères,

Mais pour en délivrer les frères,

Mais pour en préserver tes fils.

La liberté descend, radieuse, immortelle ;

Elle étend ses deux bras sur nous.

Vingt tyrans ont fui devant elle ;

Vingt peuples sont à ses genoux.

Courage ! L'avenir à nos yeux étincelle,

La république universelle,

Demain, nous embrassera tous.

Avril 1848.

LES VICTIMES DE 1817

à Saint-Andéol-le-Château.

LES VICTIMES DE 1817

à Saint-Andéot-le-Château.

❀❀❀

Victrix causa diis placuit sed victa Catoni...
(LUCAIN.)

O lieux chers à mon cœur, mon aimable patrie ;

Toi que d'obscurs bourreaux ont lâchement flétrie ;

Doux ciel de l'héroïsme et de la liberté,

Dirai-je tes malheurs à la postérité ?

Oui ! puisque le présent honore leur mémoire,

Puisque ton infortune est ton titre à la gloire.

Les lys régnaient en France, et la honte avec eux.

Le peuple, prosterné sous un sceptre odieux,

Pour relever la tête attendant les batailles,

D'un royalisme ingrat tramait les funérailles.

Lyon, des oppresseurs implacable rival,

D'un vaste embrâsement proclama le signal;

Mais, hélas ! cette ardeur fut bien vite étouffée,

Et la tombe, des preux fut le dernier trophée.

Heureux de seconder l'intrépide cité,

L'humble village aussi brava la royauté.

Saint-Andéol !!! C'est là qu'un dévoûment sublime

S'est immortalisé sous le glaive du crime.

A la première alarme, hommes, enfants, vieillards,

Brisent, foulent aux pieds leurs pâles étendards;

D'un trop funeste oubli secouant la poussière,

Le drapeau tricolore a revu la lumière ;

On sort, on vient, on court, et sous ses vieux lambeaux,

Les artisans d'hier sont déjà des héros.

Tous brûlent de venger une sainte querelle,

Tous jurent de combattre et de mourir pour elle.

Partout à leur passage on les couvre de fleurs ;

Voisins, parents, amis, mères, épouses, sœurs,

De ses plus beaux souhaits chacun les accompagne.

Par un adieu guerrier ils ouvrent la campagne ;

Comme ils pressent le pas ! quel doux instinct d'honneur

Fait bouillonner leur sang et palpiter leur cœur !

Qu'ils sont fiers ; qu'ils sont grands, même dans leurs colères,

Ceux qui s'arment ainsi pour affranchir leurs frères !

Mon Dieu, sois leur en aide et couronne leurs vœux !

Mais de sourdes rumeurs s'élèvent devant eux,

Des voix, des cris confus..... ils tressaillent de joie.

C'est sans doute un renfort que le ciel leur envoie ;

La vertu fut toujours si facile à tromper !

Ils avancent..... Bientôt, pour les envelopper,

D'énormes bataillons élargissent leurs ailes ;

On s'arrête à l'aspect de ces masses cruelles.

Dans un pareil moment, qui peut les secourir ?

Que faire... Un contre dix ? N'importe, on sait mourir !!!—

On rapporte qu'alors ces braves du village,

Sûrs de leur petit nombre et forts de leur courage,

Pour leur indépendance allaient tenter le sort,

Et jouer l'avenir dans un suprême effort.

Joyeux de concourir au salut de la France,

Impatiens de vaincre, enivrés d'espérance,

D'un pas audacieux ils marchaient au danger,

Quand, soudain, devant eux parut un messager,

Pâle encor de l'effroi qui troublait sa pensée :

« Fuyez, dit-il, amis. Quelle ardeur insensée !

» Fuyez, au nom du ciel, hélas ! tout est perdu,

» Fuyez... » Ce mot fatal n'est que trop entendu.

D'un choc infructueux on redoute la suite ;

La peur gagne les rangs, chacun se précipite.....

Triomphant sans combat, de farouches guerriers

Les chassent à grands cris jusques vers leurs foyers.

Le droit de sûreté leur en défend l'entrée ;

Ils suivent dans les bois quelque route ignorée,

Demandant aux déserts un abri protecteur

Que le toit familier craint d'offrir au malheur.

Dès ce jour, la police afficha ses maximes :

On vint, *de par le roi*, nous imposer des crimes ;

Bien des fois on osa, par un zèle imposteur,

Irriter la parole, éprouver la douleur ;

Souvent, des pas furtifs, dans l'ombre solitaire,

Se glissèrent sans bruit au seuil d'une chaumière.

Le délateur, tout haut, pût vanter ses forfaits,

Et la haine tomba jusqu'aux derniers excès.

Mais le peuple, fidèle aux croyances antiques,

De la déloyauté condamna les pratiques ;

L'amitié fut sincère et, par d'heureux secours,

Soulagea les proscrits au péril de ses jours.

Des magistrats, rompus aux plus honteux manèges,

Pour les environner redoublèrent de pièges ;

Et ce que n'avait pu tout leur emportement,

Leur froide trahison l'accomplit aisément.

Le chef qui les guidait, sous l'écharpe du maire,

Récélait un cœur faux, une ame sanguinaire ;

De fourbes conseillers, flattant sa cruauté,

A leurs propres fureurs réglaient sa volonté.

C'est toi Bourlier...., Ton nom, de sinistre mémoire,

Est, en lettres de sang, tracé dans notre histoire.

Vil étranger, nourri des plus lâches desseins,

Tu souillas le pouvoir déposé dans tes mains.

Des premiers citoyens tu rassemblas l'élite :

Alors, cachant le fiel sous ta langue hypocrite,

Afin de mieux masquer tes insignes noirceurs,

Tu forças la nature et répandis des pleurs ;

Affectant la pitié, tu parlas d'espérance,

Du droit des opprimés, du droit de la clémence ;

Tu juras le pardon pourvu qu'on se rendît,

Et la crédulité t'admira, t'applaudit ;

Et le jour qui suivit fut comme un jour de fête ;

Comme un coup de soleil après une tempête.

Las de s'ensevelir sous un obscur abri,

Le fugitif revint à son hameau chéri ;

La tendresse trompée aveugla la prudence ;

On crut à la bonté sans croire à la vengeance ;

Et l'on comprit, hélas ! lorsqu'il n'était plus temps,

Ce qu'on peut espérer sur l'appui des méchants.

Lorsqu'au perfide appel tu les vois comparaître,

Tu triomphes, BOURLIER, comme triomphe un traître.

Au mépris de ta foi, des gardes apostés,

Sur ces infortunés fondent de tous côtés.

Contre un tel attentat, c'est en vain qu'on proteste ;

La force t'obéit, peu t'importe le reste ;

La justice, l'honneur ne sont rien devant toi,

Le désir de frapper est ton unique loi.

Soudain, ceux dont la fuite a tenté le courage

Sont traqués sous les yeux comme un troupeau sauvage,

Et si le plomb mortel les renverse au tombeau,

Tu dis : *C'est bien dommage, ils trompent le bourreau...*

Honte, honte éternelle à l'homme impitoyable !!!

La pauvre mère en deuil, l'épouse inconsolable,

Au nom de leurs enfants, au nom de leurs époux,

Des soldats courroucés embrassent les genoux.

Peut-être ils sont humains..... Non ! leurs ames vendues

Ne recueilleront point nos prières perdues ;

Nous ne pourrons pas même épargner un remord,

Ils sont sourds aux douleurs ; chez eux, le cœur est mort.

Que vont-ils devenir, ceux qu'on charge d'entraves ;

Ceux qu'on enchaîne ainsi comme de vils esclaves ;

Ceux qu'on envoie au fond d'un cachot ténébreux,

Expier longuement leurs complots généreux ?

Que vont-ils devenir ? Pour épreuve dernière,

Ils seront amenés au tribunal de REYRE.

REYRE fera pour eux ce qu'il ferait pour tous ;

Dans le plus noir venin il trempera ses coups ;

Il lancera contre eux sa sanglante ironie ;

Il souillera leur front de son ignominie,

Et quand assez d'horreurs auront pesé sur eux,

Il résoudra leur sort par un appel affreux :

Point de grace !!! Non ! non !!! n'en attendons aucune,

REYRE n'osera pas mentir à sa fortune,

Il est cruel par goût, féroce par devoir.....

Coupables instruments d'un infâme pouvoir,

Des juges qu'inspirait un zèle fanatique,

Lancèrent sur leur tête une sentence inique.

Pour donner au scandale une ombre de raison,

On nomma leur vertu du nom de trahison.

Eux qui n'avaient voulu que punir des perfides,

Ils furent accusés comme des parricides ;

Eux qui n'avaient voulu qu'abattre un scélérat,

Ils se virent traités en criminels d'état.

Quatre d'entr'eux, choisis comme les plus coupables,

Parce que leurs élans furent plus admirables,

Payèrent de leurs jours d'inflexibles désirs.

Ils auront une place au rang de nos martyrs !

La gloire, qui les vit immolés dans son temple,

De leur beau dévoûment a consacré l'exemple ;

Et l'histoire du crime, éternel pilori,

Chante leur souvenir, jalousement flétri.

De ces morts immortel, qu'on bénisse la cendre !

Qu'on répète ces noms qu'il est si doux d'entendre :

C'étaient les *Colomban*, artisans plein d'honneur,

Étrangers par le sang, frères par le malheur.

L'un d'eux, des assassins conjurant la poursuite,

Confiait son salut aux risques de la fuite ;

L'amour, le cri des siens précipitait ses pas ;

Il semblait hors d'atteinte, il échappait..... Hélas !

Soudain gronde un bruit sourd...Sous les yeux de sa femme,

L'infortuné succombe... O meurtre ! ô guerre infâme !

O triomphe barbare ! ô criminelle horreur

Que des monstres soldés applaudissent en chœur.

L'autre, las d'exhaler ses plaintes inutiles ;

D'épuiser sa vigueur à des travaux stériles ;

De languir écrasé sous le mépris des rois

Qui ruinaient le peuple en trafiquant des lois,

Prévoyant dans son ame une prochaine lutte,

Des tyrans relevés redemandait la chute.

Sans remords, sans regrets de ses soins superflus,

Il n'avait qu'à mourir, après ses vœux déçus;

Il mourut en héros, en citoyen fidèle,

Digne, jusqu'à la fin, d'une cause si belle.

C'était l'ardent *Fillon*, jeune tribun des champs,

Idéal de beauté, fier de ses vingt-cinq ans.

Certain que l'avenir garderait sa mémoire,

Il courait à la mort comme on court à la gloire.

Un ami s'approcha du fatal tombereau;

Il lui tendit la main : « Vois, que mon sort est beau;

» Le trépas qui m'attend deviendra ma couronne.

» Innocent... condamné... je souffre et je pardonne;

» Dieu, qui connaît mes jours, sera juste envers moi...

» *Honore ton pays... regarde... souviens-toi...* »

Et son doigt, sans trembler, montrait la guillotine ;

Et son œil souriait à l'horrible machine ;

Et son dernier soupir, tombant sous le couteau,

Fit tressaillir la foule et pàlir le bourreau.....

C'était encor *Dégrange*, un humble prolétaire ,

Généreux, confiant, peut-être trop sincère ;

Égal à ses devoirs, sage sans vanité ;

Pauvre, mais respectant sa mâle pauvreté ;

Prodigue de courage et de reconnaissance ;

Oublieux de soi-même, idolàtrant la France.

Une pensée ingrate empoisonnait sa mort ;

Il laissait une veuve à la merci du sort ,

Seule, sans espérance, au moment d'être mère !

Tous les autres, portés sur la plage étrangère ,

Promenés lentement de cachots en cachots,

Cloués sur des rochers emprisonnés des flots,

Mémorables débris de ce naufrage immense,

De leurs sombres geôliers domptèrent la constance.

Le pardon descendit sur leur triste abandon.

Mais l'homme d'un principe a mépris du pardon ;

Mais une idée aimée, épousée, incarnée,

Par de vains tourbillons n'est pas déracinée.

Fée errante, elle vient nous séduire au berceau,

Et nous la défendons sur le seuil du tombeau.

Oh ! de nos vieux amis qui ne lit la pensée ?

Qui ne connaît l'espoir dont leur ame bercée ?

Qui ne voit sur leur front, sous les frimats des ans,

Des rêves toujours chers, des vœux toujours brûlants ?

Courbés de souvenirs, ils soupirent encore

Vers ce jour dont leurs yeux ont pressenti l'aurore,

Et lèguent à leurs fils, avec tous leurs souhaits,

L'honneur de couronner leurs travaux imparfaits.

Septembre 1847.

La destinée du grain de poussière.

La destinée du grain de poussière.

◦◦◦❈◦◦◦

Dieu vient, il vient armé de sa toute-puissance,
A des mondes nouveaux il porte la naissance.
(DELILLE.)

Lorsque, du sein de la matière,

Le souffle créateur réveilla la poussière,

Il lui dit : Voilà tes destins.

Toi, tu seras un jour une terre féconde ;

Toi, le sable des grands chemins ;

Toi, le roc sourcilleux ; toi, l'ornement du monde.

Pyramides et Panthéons,

Memphis, Jérusalem, Rome, Paris, Athènes,

Toi, que la terre, en vain, cachera dans ses veines,

Or, idole des nations;

Superbes diamants, rivaux de la lumière,

Vous êtes fils de la poussière.

J'interroge l'azur et la pourpre des fleurs,

Ces purs bijoux de la nature,

Où l'aurore a versé le cristal de ses pleurs;

Le chêne des forêts, qui grandit sans culture;

Les arbrisseaux, parés de mille fruits divers;

Le cèdre du Liban; le palmier des déserts;

Le bocage, orgueilleux de sa verte parure;

Le tendre émail des prés; l'or du guéret fécond;

Le pain mystérieux qui nous récèle un père;

Tout s'anime et tout me répond :

« Dieu nous tira de la poussière. »

Vous, êtres animés qui peuplez l'univers,

Chefs-d'œuvre de la main divine,

Révélez-moi votre origine

Et mêlez à ma voix d'harmonieux concerts?

Insecte bruissant qui te caches sous l'herbe;

Éléphant, colosse superbe;

Oisillons enchanteurs, bardes ailés des airs;

Papillon, fleur aérienne

Que le tendre zéphir berce de son haleine;

Fauves tyrans des bois; monstres pesants des mers;

Et vous, dont l'essor téméraire,

Affronte les regards de l'astre, roi des cieux,

Parlez, aigles ambitieux,

Êtes-vous nés de la poussière?

Oui, vous l'êtes aussi... Mais l'homme, votre roi,

Qui vous tient tous ensemble enchaînés sous sa loi,

Quel est-il? d'où vient-il? et qui lui donna l'être?

Dieu parle et me répond : C'est moi,

Mortel, c'est moi qui t'ai fait naître.

Seigneur, que ton pouvoir est grand !

Ces trésors, entassés dans les flancs de leur mère ;

Ces perles, que les flots entraînent en courant ;

Ces fleurs dont au printemps s'énorgueillit la terre ;

Cette belle nature, animée en tous lieux ;

Ces prodiges vivants : Dieu seul les a pu faire....

Avouez, ô mortels, que tout est né de Dieu,

Si tout naît du grain de poussière.

Juillet 1846.

Chant Libéral.

Chant Libéral.

✦✧✦

C'en est fait, plus de deuil, plus de honteuses chaînes,

La patrie a guidé nos bras ;

Grace à nos vertus citoyennes,

Le peuple règne et les rois sont à bas.

Toi, notre unique amour, notre unique espérance,

Bénis, ô république, un jour réparateur ;

La liberté luit sur la France,

La liberté, c'est le bonheur.

8

Partez, sombres Nérons qu'on encensait naguère,

Brigands sans cœur, sans repentirs ;

Chez l'aristocrate Angleterre,

Cachez vos fronts teints du sang des martyrs.

Dans ces lieux si longtemps las de votre insolence,

Ingrats, souvenez-vous qu'on garde un fer vengeur...

La liberté luit sur la France,

La liberté, c'est le bonheur.

Si jalouse d'effroi, la ligue européenne

Nous montre ses dieux insultants ;

Nous paraîtrons tous dans l'arène

Pour écraser ces restes de tyrans.

Mais plutôt à l'envi, si la paix vous est chère,

Peuples, applaudissez, et répétons en chœur :

La liberté luit sur la terre,

La liberté, c'est le bonheur.

Du nord jusqu'au midi, du couchant à l'aurore,

O liberté, règne à jamais ;

Sous notre enseigne tricolore,

Belges, venez, venez, fiers Polonais.

Vos droits, avec nos droits, sont sortis des tempêtes,

Recevez de nos mains le baptême d'honneur ;

La liberté luit sur nos têtes,

La liberté, c'est le bonheur.

Gloire à ceux qui sont morts dans ces luttes sublimes,

Égorgés d'un poignard félon ;

Gloire à vous, augustes victimes,

Sous vos cyprès dormez au Panthéon.

Nous saurons immoler de justes hécatombes

A vos mânes sanglants dignes d'un sort meilleur.

La liberté luit sur vos tombes,

La liberté, c'est le bonheur.

Février 1848.

A M. LOUIS BERNOL,

꒞꒞꒞

Le Bonheur par la Fraternité.

Le Bonheur par la Fraternité.

∘⟨⟨&◆⟨⟩∘

La sagesse descend dans les cœurs fraternels.
(Victor de Laprade.)

On dit que le bonheur, invisible chimère,

Ne se montre qu'en songe aux enfants de la terre ;

Qu'à le chercher partout on use en vain ses jours,

Et que pour mieux l'atteindre il faut le fuir toujours.

Où trouver, en effet, dans le cours de la vie,

Ce phénix vagabond que tout le monde envie ?

Où le trouver?... Serait-ce au milieu des plaisirs?...

Mais le plaisir goûté n'éteint pas les désirs,

Et, du nectar brûlant, la coupe trop petite,

Loin d'apaiser la soif, la réveille et l'irrite.

Où le trouverons-nous?... Est-ce dans le repos?

Mais le repos, lui-même, est le pire des maux,

Car l'ennui, le dégoût, lugubre compagnie,

Assiègent, des oisifs, l'éternelle insomnie.

Où le trouverons-nous?... Est-ce en un monceau d'or?

Mais le riche voudrait être plus riche encor;

Témoin, ce vieux Midas, soi-disant roi de France,

Qui, pardevant l'état, plaignant son indigence,

A nos représentants de ses besoins émus,

Demandait, pour appoint, deux millions d'écus.

Où le trouverons-nous?... Dans le calme ascétique?

Sous l'habit du soldat ou le froc monastique?

Dans le dédale obscur du palais de Thémis?

Dans les douceurs d'hymen? dans un cercle d'amis?

Au foyer domestique où la gaîté rayonne?

Au fauteuil magistral que l'honneur environne?

Sous le toit du poète?... Hélas! tout, ici-bas,

Tout parle du bonheur, mais ne le comprend pas.

Je le dis à regret, dans le siècle où nous sommes,

Le bonheur véritable est peu connu des hommes.

Ce n'est pas, quoiqu'on dise, un enfant du hasard;

Il faut qu'il soit partout pour qu'il soit quelque part.

Cependant, près de nous, tout remue et conspire;

L'un songe à conserver, l'autre songe à détruire;

Chaque jour nous fait voir quelque nouveau danger;

Vingt partis sont debout, prêts à s'entr'égorger;

Les cœurs francs sont livrés à la presse hypocrite

Qui jette, à tous les vents, l'erreur cosmopolite ;

Le pauvre, quelquefois, par la haine emporté,

S'attaque impunément à la propriété.

Attentat tyrannique, autant que sacrilége,

Car la propriété n'est pas un privilége ;

C'est le fruit du travail, augmenté par degré,

Comme le travail même, équitable et sacré.

Le bonheur vrai, réel, exempt de toute alarme ;

Le bonheur où jamais ne se mêle une larme ;

Le bonheur appuyé sur la sécurité,

Se trouve uniquement dans la fraternité.

Sainte fraternité, de tes célestes flammes,

Ranime, vivifie et réchauffe nos ames.

Lien noble et touchant, mystérieux et doux,

Dans un vaste réseau, viens nous embrasser tous ;

Rayon du pur esprit, qui pénètre et féconde,

De tes embrâsements, viens consumer le monde.

Que le corps social, par toi régénéré,

Trouve en toi, pour sa plaie, un remède assuré.

Toute réaction est un anachronisme,

Fais que la charité succède à l'égoïsme ;

Qu'on s'unisse, qu'on s'aime avec cœur, avec foi,

Et qu'on n'entende plus dire : *Chacun chez soi.*

O vous dont, en tous lieux, le cynique langage

Témoigne effrontément que l'homme est né sauvage,

Arrière ! loin d'ici, misanthropes jaloux !

Loups par le caractère, allez avec les loups.

Répétez-leur, bien haut, qu'ils ne sont sur la terre

Que pour se faire entre eux une éternelle guerre ;

Que pour s'entretuer, sans trève, au fond des bois.

Dites-leur que l'audace est le premier des droits ;

Dites-leur que la force est l'unique mérite ;

Dites-leur que la faim règlera leur conduite ;

Mais n'espérez jamais que de pareils moyens

Puissent beaucoup sourire à vos concitoyens.

L'homme qui se connaît, sublime créature,

Ne voit pas avec joie avilir sa nature,

Et, s'estimant trop haut pour descendre si bas,

Au rang des animaux ne se résigne pas.

Avancer, soutenir contre toute évidence

Que la haine est en nous un vice de naissance ;

Que les plus généreux ne sont que les plus fous ;

Que tout est pour chacun et que rien n'est pour tous,

C'est, par un attentat de suprême injustice,

Nier la providence ou la croire complice.

Nous qui voyons déjà, dans l'avenir meilleur,

De la fraternité, poindre l'astre sauveur ;

Nous qui sentons déjà, par une paix profonde,

Le voile du pardon s'étendre sur le monde,

Croyons que le bonheur, pur enfant de l'amour,

De l'univers changé, fera bientôt le tour ;

Et que les nations, détruisant leurs barrières,

Ne composeront plus qu'un grand peuple de frères,

Qu'une seule famille... Ah! s'il m'était donné

De saluer ce jour, entre tous fortuné ;

Si la fraternité, ce type évangélique,

Incarné dans la France et dans la République,

Avec tous les attraits de sa réalité,

Se montrait, amenant la sage liberté,

Alors, s'accomplirait ma plus douce espérance ;

Alors, plein des transports de la reconnaissance,

Je pourrais m'écrier : *Voici le vrai bonheur;*

Tout est beau, tout est bon, je puis mourir, Seigneur.

Mai 1848.

De l'immortalité de l'ame.

De l'immortalité de l'ame.

Homme immortel, salut! Jamais ma lyre sainte
N'osera t'appeler mortel.
Des cieux, en un jour solennel,
Tel qu'un triomphateur tu dois franchir l'enceinte,
Rayonner de leur gloire en tes regards empreinte,
Et te mêler à l'éternel.

(ROUCHER.)

« Que suis-je? Un vain hochet d'une cruelle main !

» Hier je n'étais pas, serai-je encor demain ?

» Hélas! pourquoi m'a-t-on fait naître?

» Quand l'étroite prison qui me tient enfermé

9

» Croulera pour jamais, débris inanimé,

» Doit-elle engloutir tout mon être ?

» Tous, nous succomberons aux atteintes du tems,

» Escortés à la mort par des troupeaux vivants,

» Pétris de la même poussière.

» Nos rêves dormiront sous un épais tombeau ;

» Et notre ame éteindra son débile flambeau,

» Comme une lueur éphémère. »

C'est ainsi que l'impie, insultant à la foi,

Exhale son délire et nous glace d'effroi

Par sa fatale indifférence.

Mais la religion, dissipant nos terreurs,

Astre mystérieux, rassérène les cœurs

Aux purs rayons de l'espérance.

沈

Non! d'un corps périssable immortel habitant,

L'esprit ne rentre pas dans son premier néant;

Dieu ne brise point son image.

Portons nos vœux plus loin! Au delà du trépas,

Des mondes inconnus accueilleront nos pas;

La tombe est un lieu de passage.

沈

Que le repos est doux quand on a combattu!

Pauvres, consoléz-vous! Martyrs de la vertu,

Voyez! vos palmes sont écloses!

Méprisez du méchant le perfide bonheur;

Le remords, des tourments funeste avant-coureur,

    Le ronge sur son lit de roses.

＊○＊

Ta justice, ô mon Dieu, ce garant de tes lois,

Ce vengeur, que ta gloire invoqua tant de fois

    Contre des serviteurs rebelles,

Doit un jour, sous ses coups, confondre les ingrats,

Et des cœurs généreux couronner les combats

    De récompenses immortelles.

＊○＊

Ta sagesse, ô mon Dieu, n'autorise jamais

La haine de ton nom, l'abus de tes bienfaits,

    Ni l'affreux triomphe des vices.

Si tout semble, ici-bas, le jouet du hasard,

C'est que l'éternité révèlera plus tard

Et ses honneurs, et ses supplices.

Un noble sentiment nous fait chérir la mort.

Qu'elle vienne bientôt arracher notre sort

Aux épreuves de la misère !

Qu'elle vienne ! La paix sourit à notre espoir ;

La vie est un long jour dont on attend le soir

Pour s'envoler loin de la terre !

Oui ! tout homme a compris son immortalité.

Interrogez les temps : la sage antiquité

Vante sa future patrie.

De Socrate expirant écoutez les adieux !

Il échappe à l'exil ; la mort n'est à ses yeux

Que le berceau d'une autre vie.

━━━━━━

Malheur aux insensés que le crime a flétris,

Qui, de leurs passions, craignant le juste prix,

Traitent nos grandeurs de mensonges.

Ils se cachent en vain à d'importuns regrets ;

D'un juge courroucé, les foudroyants arrêts

Les frappent jusque dans leurs songes.

━━━━━━

Heureux ! qui, pressentant son illustre destin,

Avide d'avenir, s'élance vers sa fin

A travers mille précipices,

Il atteindra le but où montent ses désirs,

Et le ciel, entr'ouvrant ses palais de saphyrs,

L'enivrera de ses délices.

Juin 1847.

A l'Assemblée Nationale.

A l'Assemblée Nationale.

Salut au nom de tous, sénat démocratique!

Salut, graves mentors de notre République,

Des fautes du passé, futurs réparateurs!

Oui, votre avènement promet des jours meilleurs;

Oui, d'un juste pouvoir justes dépositaires,

Vous mettrez avant tout le bonheur de vos frères;

De votre mission vous sentirez le prix

Et saurez au besoin mourir pour le pays.

Prêtres de l'avenir, donnez-nous-en le gage ;

Glorifiez en vous l'universel suffrage ;

Montez à la hauteur de la nécessité

Et servez de garants à notre liberté.

Jusqu'ici, je le sais, des électeurs moroses,

Loin d'exalter vos noms dans leurs apothéoses,

De vous sauvegarder contre les inconstants

Et de prêter main forte à leurs représentants,

Ont, semant la discorde avec la médisance,

Mis plus d'une épine aux roses de la France.

« La chambre des *neuf cents*, disent-ils en tous lieux,

» A trompé notre attente et détruit tous nos vœux.

» De la réaction cette Babel impure,

» Ce parlement chaos n'a rien qui nous rassure.

» Qu'avons-nous obtenu, qu'espérons-nous encor

» De ses propos pompeux, de ses promesses d'or ?

» Hélas! de nos élus le cœur n'est plus le même.

» Quand, de l'opinion acceptant le baptême,

» En face du scrutin, dévoués candidats,

» Ils venaient se charger du poids de nos mandats,

» Qui nous eût dit qu'alors leur conscience impie

» Pensait aux *vingt-cinq francs* plutôt qu'à la patrie?

» Qui nous eût dit alors que ces esprits étroits

» Aviliraient ainsi le saint temple des lois?

» Que l'auguste tribune où l'orgueil se cramponne

» Serait le rendez-vous des benjamins du trône?

» Qu'ils feraient regretter les méfaits du vieux temps?

» Pauvres nains occupés à l'œuvre des géants,

» Affectant au dehors la foi républicaine,

» De peur de rencontrer la roche Tarpéienne

» Ils craignent la Montagne et dorment au Marais. »

Ainsi le communisme, enflé de ses succès,

Sentant à l'horizon poindre des jours néfastes,

Ameute contre vous des voix iconoclastes.

Ainsi de tout côté grondent les mécontents

Qui songent à lancer l'interdit sur vos bancs

Sans voir à quel péril leur audace s'expose.

Car, pour eux, le présent est une lettre close.

De ces agitateurs méprisez le courroux;

Sur le moindre signal nous serons près de vous;

Qu'à l'heure du danger la France nous appelle,

Des millions de bras, en combattant pour elle,

Apprendront aux pervers, comme ils l'ont fait deux fois,

Que la meilleure cause est la cause des lois.

Ce n'est pas néanmoins que, fauteur d'égoïsme,

De la servilité j'approuve l'optimisme;

Que, vous laissant régler nos plus chers intérêts,

J'aille tête baissée au chemin du progrès ;

Et que, sans discuter vos dogmes inflexibles,

Pour mieux vous obéir, je vous croie infaillibles ;

Non ! non ! C'est s'abdiquer que d'en agir ainsi.

J'ai pour notre avenir un plus loyal souci ;

Ma muse impartiale, agitant sa férule,

Frappera, s'il le faut, sur la chaise curule.

Levez-vous, s'il est vrai que vous méritez tous

De remplir notre place et de penser pour nous ;

Si, par l'expression d'un plus fécond système,

Vous devez, résolvant l'insoluble problème,

Inaugurer, enfin, dans la société,

Le culte universel de la fraternité.

Allons ! de cette main qu'on répute inhabile,

Du citoyen français écrivez l'évangile !

Allons, comme Moïse, inspirés par la foi,

Apportez à nos yeux les tables de la loi !

Et, pour qu'elle s'incarne en toute intelligence,

Invoquez, après Dieu, la raison de la France !

Ne vous alarmez pas de ces bruits détracteurs

Qui servent de prétexte à de folles fureurs ;

N'ambitionnez point le concours anonyme

De ces barricadiers que chacun mésestime ;

Ne vous effrayez plus de tous ces rêves-creux

Dont le cerveau malade a fait de tristes vœux,

Ni du *veto* boudeur d'un club démagogique,

Ni des caméléons du monde politique.

L'aigle qui vole aux cieux ne s'inquiète pas

Des vains bourdonnements qui s'élèvent d'en bas.

Bientôt, nous l'espérons, dans le congrès des sages,

Où frémissent encor des passions sauvages,

Où l'oreille, à regret, entend de tous côtés

Courir un feu roulant de personnalités ;

Où l'amour-propre éclate en fracas de paroles,

Et soulève parfois d'amères hyperboles,

Nous verrons, au dessus d'un stérile niveau,

Surgir plus d'un Lycurgue et plus d'un Mirabeau.

Nous vous verrons, pressés d'un généreux civisme,

Démolir à grands coups l'autel de l'égoïsme,

Éclairer la vertu du peuple souverain,

L'enchaîner au devoir par un plus noble frein,

Consacrer à jamais ses droits imprescriptibles,

Et corriger l'orgueil des plus incorrigibles.

Assis sur le volcan des révolutions,

Malgré les attentats d'ignobles factions ;

Malgré nos proconsuls, gouverneurs imbéciles,

Qui soldent la révolte avec l'or de nos villes ;

Malgré tous les efforts des prétendants jaloux,

Des quatre points du monde ameutés contre nous,

Nous conservons encore une forte espérance,

Et, comme on croit à Dieu, nous croyons à la France.

Guidez-nous, et soyez, pour chaque citoyen,

Ce qu'est, pour l'innocence, un céleste gardien ;

Ce qu'est, pour le héros, son fidèle génie ;

Et, pour le matelot, sa madone bénie.

Juillet 1848.

UNE INONDATION.

UNE INONDATION.

⋘⋙

.... Ce fut une morne stupeur,
Que rompirent bientôt des bruits qui faisaient peur,
La nuit noire, la foule invisible et mouvante,
Les femmes qui poussaient de longs cris d'épouvante.
. . . .
Je doute que l'horreur eût été plus profonde
Si l'ange eût tout-à-coup sonné la fin du monde.
                                    (PONSART.)

Lorsque le ciel, dans sa colère,

Par de terribles coups veut avertir la terre,

Et raffermir la foi dans les cœurs inconstants,

Rien ne peut arrêter l'effet de sa justice ;

Et pour anéantir le vice,

Il déchaîne sur nous ses escadrons flottants.

Le Seigneur a paru sur le char des orages !

Un regard de ses yeux fait fondre les nuages

Que son pas a foulés.

Les célestes torrents s'abiment sur le monde,

Et la fureur de l'onde

Fatigue les monts ébranlés.

Nous apercevons dans l'espace

S'étendre, s'élever une mouvante masse

Qui roule jusqu'à nous son pesant tourbillon.

Jamais le doigt de Dieu, dans son sanglant passage,

Ne traça sur notre rivage

Un plus déplorable sillon.

⁂

Le fleuve, soulevé, s'enfle, gronde et bouillonne ;

Il s'avance, gros de malheurs.

Tout cède aux flots envahisseurs ;

De bruits sourds et confus, la rive, au loin résonne.

Quel désordre effrayant ! quel tumulte ! quels cris !!!

Voyez tous ces affreux débris,

Ces troupeaux mutilés que le courant entraine ;

Et ces bras suppliants qui surnagent à peine ;

Et ces corps que le gouffre engloutit pour toujours.

⁂

On fuit, on vient, on fuit encore.

En vain le malheureux implore ;

Contre un tel adversaire, il n'est pas de secours.

Là, plein d'effroi, le fils emporte son vieux père ;

La sœur s'évanouit dans les bras de son frère.

> Et là, quel prodige nouveau !
>
> C'est une femme, pauvre mère,
>
> Qui dispute aux flots un berceau.

■

> Tombez, digues, faibles barrières

Que menace le choc des vagues meurtrières ;

Tombez, vains monuments du pouvoir des mortels.

L'onde porte en cent lieux la mort et l'épouvante,

> Et sa furie intelligente,

Brise de nos faux dieux les insolents autels.

Cherchez ces pompeux édifices

Où le luxe orgueilleux étalait ses caprices,

Et, de haillons brillants, parait la vanité.

Cherchez tous ces palais, d'où la molle opulence

N'avait, pour la noble indigence,

Qu'une dédaigneuse fierté.

⊷◻⊶

Que sont-ils ? Des réduits stériles,

D'un morne désespoir, silencieux asiles,

Où la fortune, hélas! a trouvé son écueil;

Où l'impie, accablé des vengeances divines,

Pleurant sur d'informes ruines,

Blasphème le passé, dans les jours de son deuil.

Mais pourquoi contempler cette effrayante image !

A tant de malheureux, ne faisons point outrage.

Le devoir du poète est de les consoler ;

De marcher avec eux au milieu des alarmes,

Et d'essuyer toutes les larmes

Que l'infortune fait couler.

><

Vous, dont la bonté généreuse

Sait si bien compatir aux souffrances d'autrui ;

Vous, dont la pauvreté honteuse,

N'a jamais vainement sollicité l'appui.

Réveillez dans les cœurs une pitié sincère !

D'un zèle glorieux, faites parler la voix ;

Aidez les affligés à supporter leurs croix,

Et versez sur la plaie un parfum salutaire

Dans ces jours où le ciel semble voiler la terre

Sous un vaste manteau d'horreur,

Qui n'a pas un denier pour soulager son frère,

Une larme pour le malheur?

Décembre 1846.

A MON PÈRE.

A MON PÈRE.

✦⬧✦

Aujourd'hui, tu le vois, le hameau tout entier

Se groupe avec bonheur autour de ton foyer,

     Pour entendre ton épopée.

Mon père, près de toi, nous allons nous asseoir ;

Et toi, pour commencer nos entretiens du soir,

     Tu nous diras tes coups d'épée.

⊳✦⊲

Retrace-nous ces temps de vaillance et d'orgueil,

Brillants d'un long éclat, obscurcis d'un long deuil,

Souvenirs d'une gloire amère;

Et ces cruels pontons altérés de tes pleurs;

Et ces cinq ans, tu sais, ces cinq ans de malheurs

Qui faisaient tant pleurer ma mère!

L'auguste France, alors reine du continent,

Joyeuse, environnait le char d'un conquérant

Comme aux jours de l'antique Rome.

Avide d'avenir, tu rêvais des lauriers,

Et tu sentais, au bruit de tant d'hymnes guerriers,

Bouillonner ton sang de jeune homme.

Pour voler aux périls avec les vétérans,

Un ordre inespéré t'appela dans les rangs;

Tu comptais dix-huit ans à peine.

Mais quand on a deux bras, forts contre le danger,

Qu'on aime son pays et qu'on hait l'étranger,

On est un géant dans l'arène.

Oh ! que d'émotions, que de transports heureux,

Que de fiévreux désirs et d'héroïques vœux

Traversaient ton ame guerrière,

Dans ce moment, pour toi sublime et solennel,

Lorsque, brûlant encor du baiser maternel,

Tu t'élançais à la frontière.

En quittant ces beaux lieux, si chers à ton regard,

Tu voyais tes amis saluer ton départ

De leurs chansons accoutumées,

Ta sœur s'agenouillait au pied du crucifix ;

Ton vieux père implorait le retour de son fils,

A l'autel du dieu des armées.

⚹Ò⚹

Sans doute, il te disait : « Va servir l'empereur ;

Ne forligne jamais au chemin de l'honneur,

Sois vaillant, sois surtout fidèle ;

Tâche de mériter la palme des combats ;

Et, si je ne suis plus lorsque tu reviendras,

Songe à la tombe paternelle. »

⚹Ò⚹

Conscrit, tu pris ta place au milieu des soldats.

Pour la première fois, tu mesuras tes pas

Sur des lignes disciplinées,

Bientôt, comme un Bayard, de courage brûlant,

Brandissant devant toi ton sabre étincelant,

Tu surmontas les Pyrénées.

L'ombre de Duguesclin parut à ton côté,

Dans son tombeau, trembla, le Cid épouvanté.

Sous les pas des géants de la France,

Comme au jour de Poitiers, sur tous les jours fameux,

Martel se releva terrible, belliqueux !

Et Roland ressaisit sa lance.

C'est en vain, qu'embrasés d'un sinistre courroux,

Les peuples d'Ibérie, accourus contre vous,

Combattirent pour la victoire.

Chassant les guérillas ainsi que des troupeaux,

Vous vîntes à Madrid déployer vos drapeaux,

Purs symboles de votre gloire!

Dès lors, insoucieux, sans peur, sans souvenir,

Jouant à tout hasard ton frivole avenir,

Sous les foudres et les tempêtes,

Tu comptais, pour fortune et pour félicité,

L'assaut d'un château fort, le sac d'une cité;

Les grandes batailles pour fêtes.

Tu vis, sur l'Allambra, notre aigle impérial.

De ta course étonné, tu vis l'Escurial,

Veuf de ses imbéciles maîtres,

Recevoir à regret, sous ses toits insolents,

Un soldat revêtu de la pourpre des camps,

Un roi qui n'avait pas d'ancêtres.

Tu vis ces hidalgos, ces fameux castillans,

Les braves d'Aragon, les chasseurs catalans,

Tomber sous vos lances hardies.

Tu vis, plus tard, Séville, infidèle au vainqueur,

Du royalisme éteint rallumer la fureur,

Foyer d'immenses incendies.

Car, dans ces temps, mêlés de prodiges divers,

L'allégresse et les pleurs, la victoire et les fers

Ont fait deux parts de votre histoire.

De vos faits éclatants, Aranjuez, Andujar,

Tolède, Alcolea, le Tage et la Ramblar

Garderont longtemps la mémoire.

Enfin, pour effacer deux ans pleins de succès,

Arriva Baylen, jour maudit à jamais.

Près du Guadalquivir, aux rives alarmées,

Par différents chemins, s'avançaient trois armées.

Notre ennemi, recru de nombreux étendards,

Sur nos rangs affaiblis, fondit de toutes parts.

Les Français, resserrés dans un lieu difficile,

Auraient su triompher sous un chef plus habile ;

Mais Dupont commandait. Dupont, homme sans cœur,

Général sans génie et guerrier sans honneur,

Égoïste, enrichi de sanglantes rapines,

Ne cherchait que de l'or dans l'Espagne en ruines;

Et, trop imprévoyant pour parer le danger,

Livrait ses compagnons qu'il aurait dû venger :

En vain, Gobert, poussé d'un généreux courage,

Précipita les siens sur le champ du carnage;

La fortune trompa son magnanime effort;

Il courait au salut, il rencontra la mort.

En vain, bouillant encor d'un espoir salutaire,

Vedel osa tenter une épreuve dernière ;

Le sort, plus favorable à ses terribles coups,

Ramenait l'équilibre et s'inclinait pour nous,

Quand un ordre fatal, arrêtant sa vaillance,

Des enfants de Pélage augmenta l'insolence.

Quelques aventuriers, travestis en héros,

Coupigny, La Pena, Reding et Castagnos,

Qu'avait trop secondés notre mauvais génie,

Abusant du succès avec ignominie,

Dans leur barbare ivresse et leurs ressentiments,

N'offrirent au malheur que d'outrageux serments.

Et, comme précurseur d'une chute profonde,

Un long cri d'espérance éclata par le monde.

⋈Ω⋈

O, mon père! dis-moi quels furent les regrets

Lorsqu'il fallut quitter, et quitter à jamais,

    Ce compagnon de ta vaillance,

Ce glaive que la France, en tes mains avait mis

Pour défendre ses droits contre ses ennemis,

    Pour sa gloire et pour ta défense.

⋈Ω⋈

Tout ton sang dût frémir à ce cruel affront;

Une pâleur de mort s'étendit sur ton front,

    Comme une large flétrissure.

Mais bientôt, résigné, noble cœur, tu compris

Qu'on illustre son nom et qu'on sert son pays,

    Même sous les fers d'un parjure.

                        *

Ta constance, un moment, ne se pût démentir,

Tu subis ta disgrace en courageux martyr.

    Plus grand encor que ta souffrance,

Tu ne murmurais pas sous le poids des douleurs,

Et lorsqu'il t'arrivait de verser quelques pleurs,

    C'est que tu songeais à la France.

                        *

C'est que tu la voyais, comme un astre au déclin,

Reconduire son char, poursuivi du destin,

Des lieux qu'elle embrâsait naguère,

C'est que tu la voyais, comme une reine en deuil,

Sur ses fils prisonniers, sur ses fils au cercueil,

Se lamenter, pieuse mère.

⁕

Quand forte encor d'espoir, par les glaces du Nord

Bravant les éléments, d'un téméraire effort,

Sur les pas du grand capitaine,

Elle étonnait le monde une dernière fois,

Et relevait ses bras, triomphateurs des rois,

Pour frapper l'hydre européenne.

⁕

Alors, tu t'en allais, morne, les fers aux mains,

En tous lieux escorté de gardes inhumains,

Au travers de la Péninsule.

Et quand tu t'arrêtas pour prendre du repos,

Ce fut sur des pontons, effroyables cachots,

    Ce fut aux colonnes d'Hercule.

                ❧✦❧

Toi, de qui le seul crime était d'être Français,

Pareil au vil forçat chargé de ses forfaits,

    Tu descendis au fond d'un bagne,

Où tout, jusqu'au peu d'air qu'on ne t'enviait pas,

Tout épuisait ton cœur, tout hâtait ton trépas,

    Digne vengeance de l'Espagne.

                ❧✦❧

Après trois mois, passés dans ce funeste port,

Un jour, quelques vaisseaux reçurent à leur bord

Les tristes enfants de la Seine ;

Et, fendant devant eux l'immensité des eaux,

Allèrent déposer ces restes de héros

Au sein d'une plage inhumaine.

Cabrera, noir rocher sorti du fond des mers,

Cabrera recueillit dans ses brûlants déserts

Ces grands débris d'un grand naufrage.

Désormais, faisant trève à ses jaloux soucis,

Le Midi respira ; ce n'était plus Cadix

Qui les gardait sur son rivage.

Mais l'Océan, les flots, implacables geôliers,

Offraient de toutes parts aux tristes prisonniers

Une infranchissable barrière.

Aucun espoir ami ne visitait leur cœur ;

Sur tout leur avenir se dressait le malheur,

La mort apparaissait derrière !

»◊«

Là, tout ce que la soif peut causer de douleurs ;

Là, tout ce que la faim peut arracher de pleurs,

Tout ce que la vie a de pire,

Tout ce que l'infortune a de réalité,

Ils ont tout pris sur eux, ils ont tout supporté,

Et, cinq ans, dura ce martyre !

»◊«

Cinq ans, chaque matin redoubla leurs tourments ;

Cinq ans, l'affreux trépas vint décimer leurs rangs.

Ils étaient entrés quinze mille;

Mais le sable infécond y couvre bien des corps.

Dans cet exil impur, douze mille sont morts;

Que leur mort ne soit pas stérile!

Qu'ils reposent en paix ces généreux guerriers!

Tôt ou tard, sur leur tombe, il croîtra des lauriers

Pour ombrager leur noble cendre.

Ils ont fermé les yeux en plaignant leur pays;

Du moins, ils n'ont pas vu leurs foyers envahis

Par les Cosaques d'Alexandre!

Vous, qui leur survivez; vous, leurs derniers amis,

Bénissez leurs neveux et bénissez vos fils

Lorsqu'ils entreront dans l'arène,

N'est-il pas vrai, mon père, il est doux de souffrir ;

N'est-il pas vrai, mon père, il est beau de mourir

Pour la France républicaine ?

Avril 1848.

Les Cendres de Napoléon.

Les Cendres de Napoléon.

⋇❊❊⋇

Quis desiderio sit pudor aut modux —
Tam cari capitis ! . . . .
(HORACE.)

La France est encor souveraine

Elle domine encor sur toute nation,

Bravant l'homicide Albion,

Sur le rocher de Sainte-Hélène,

Elle va, d'un zèle pieux,

Arracher Prométhée aux vengeances des dieux.

Elle va délivrer de sa sanglante chaîne

Celui dont l'univers, aveuglé par la haine,

Jadis, a méconnu les droits.

Grande leçon, qui doit apprendre

Aux Wellington, aux Alexandre

L'illégalité de leurs lois.

Lève-toi, martyr de la gloire !

Ceux qu'épargna ton bras outragent ton repos.

Reparais dans nos rangs, lutte sous nos drapeaux,

Tu ramèneras la victoire !

Déjà, pour reprendre l'essor,

Ton aigle impérial a secoué la poudre.

Les trônes vont crouler aux éclats de ta foudre !

A ton nom prononcé l'Europe tremble encor !

Que de brillants travaux rempliront nos annales,

Après un sommeil si honteux !

Que notre pavillon verra de capitales !

Que de brillants lauriers couronneront nos preux !

Viens venger notre indépendance

Qu'un parjure tyran veut bannir sans retour ;

Viens ranimer par ta présence

Notre belliqueuse espérance ;

Des rêves du passé vient bercer notre amour !

Mais voici que déjà nous touchons au rivage,

A terre, matelots ! Descendons sur la plage ;

Hudson nous rendra son ôtage ;

Pour l'exilé ce jour est le jour le plus beau,

Et l'écho leur répond d'une voix désolée :

« Sous le saule de la vallée

» Il dort depuis vingt ans, couché dans le tombeau,

» Et son ame, envolée aux demeures célestes,

» N'a rien laissé de lui que d'insensibles restes. »

On arrache son corps au désert ignoré.

Découvrons-le ! Voyez quelle noblesse altière

Semble animer encor ce front décoloré !

La tête d'un héros ne meurt pas tout entière !

On dirait le sommeil de l'ange des combats ;

Rien ne retrace plus sa cruelle agonie ;

Son calme est solennel, c'est le sceau du génie,

Respecté même du trépas.

Les nautonniers joyeux ont retrouvé l'étoile,

Depuis sa triste chute, invisible à leurs yeux.

Un vent docile enfle la voile.

Qui doit rendre à la France un dépôt glorieux ;

Et l'Océan muet laisse un libre passage

      A ce guerrier dont, si longtemps,

      Il emprisonna le courage

      D'un rempart de flots insolents.

      L'impatiente renommée,

      Qui, pour exalter ses exploits,

Avait tant fatigué son éternelle voix,

Annonce son retour à la France charmée :

La France lui répond en redoublant ses cris ;

Sur tous les fronts se peint une touchante ivresse ;

      Un peuple entier se presse,

Et porte sur la mer ses regards attendris.

Voici le conquérant, il va toucher la rive

Où l'on retrouve encor l'empreinte de ses pas ;

Il vient, il approche, il arrive ;

Et la patrie ouvre ses bras.....

Paris a salué ce cortége sublime.

En ce jour solennel, la patrie, unanime,

Accueille l'illustre exilé.

Le bronze retentit et gronde ;

Est-ce pour effrayer le monde ?

Non, non ! Et cependant tous les rois ont tremblé !

Ils ont craint que la France, en proie à ses prestiges,

A leur dépens encor n'enfante des prodiges,

Et que l'ombre d'un mort, réveillent son courroux,

Ne fasse encor tomber l'Europe à ses genoux.

Le vieillard, contemplant sa cendre inanimée,

Le montre à ses neveux, en répétant : *C'est lui !*

Et l'enfant de la grande armée

Redit sa plainte accoutumée :

Napoléon ! ô Dieu ! s'il vivait aujourd'hui !

Et ces fiers vétérans, dont l'insigne courage

Affronta, sans effroi, le démon du carnage,

Sentent, pour la première fois,

Des pleurs inonder leur paupière,

A l'aspect imprévu de la froide poussière

Du compagnon de leurs exploits.

Leur cœur tressaille en vain sous l'étoile des braves ;

O mort, viens de leur dernier jour

Briser les débiles entraves !

Viens les rendre à celui qui fut tout leur amour !

Sous le dôme des Invalides,

Les preux qu'ont mutilés les feux des Pyramides,

Les glaces de Moscou, les foudres de Fleurus,

Dressent au milieu d'eux une tombe au grand homme ;

Et, dans ses murs heureux, l'héritière de Rome,

Adore les débris de son Germanicus.

Mai 1846.

AU PEUPLE.

AU PEUPLE.

Peuple ! courage et confiance ;

Tremble de blasphémer ce que tu dois bénir.

Pour fonder dans la paix ton règne qui commence,

Ouvre ton cœur à l'espérance,

Elle est la mère d'avenir.

Jaloux de ta noble victoire,

Tes rivaux ont frémi de te voir innocent.

Ils t'ont pris tout brûlant des fureurs de la gloire,

Et, déshonorant ton histoire,

Ils t'ont dit : « Peuple, il faut du sang.

» Il faut du sang ! quel trait sublime,

» Quel mémorable jour ne s'en colora pas.

» Qu'on sache être bourreau pour n'être pas victime ;

» Celui qui pardonne un grand crime

» Ne fait que de plus grands ingrats.

» Il faut du sang ! Toutes tes larmes

» N'étaient pas un tribut fait pour la royauté.

» Il faut, au camp bourgeois, rejeter les alarmes,

» Et porter au bout de tes armes,

» Au moins cent têtes par cité.

※

» Crois-tu, malheureux prolétaire,

» Que désormais ton droit sera plus respecté?

» Le riche, à ton égard, peut-il être sincère?

» N'es-tu pas las de ta misère,

» Paria de l'humanité?

※

» Non, pauvre travailleur de France,

» Toi qui te promettais un réveil si brillant;

» Après tes songes d'or et tes chants de vaillance,

» Ne te rendors pas sans vengeance;

» Le sang s'efface par le sang. »

Ainsi, dans leur ruse insensée,

Peuple, de faux amis exploitent ton courroux.

Mais voici dans deux mots le fond de leur pensée :

« Abjure ta vertu passée,

» Deviens criminel comme nous. »

Et moi, ton complice, ton frère,

Qui, justement fidèle à de justes serments,

Aimant la liberté d'un amour téméraire,

T'encourageai dans la carrière

Lorsque tu chassas les tyrans;

Je te dirai : « Sois toujours sage;

» Veille sur toi, prends garde à la crédulité :

» Charge de ton mépris le fauteur de carnage

» Qui cherche à jeter un nuage

» Au ciel de la fraternité.

» Ah ! que jamais ta main ne s'ouvre

» Pour t'unir d'alliance à cette horrible main.

» Arrache de ce front le masque qui le couvre ;

» Vois ! c'est un apostat du Louvre ;

» Il espère y rentrer demain.

» Laissons faire la République ,

» Son zèle clairvoyant ne négligera rien.

» Soumettons à ses lois notre vertu civique ;

13

» Pour achever l'œuvre héroïque,

» Respectons-les, tout sera bien.

» Peuple ! courage et confiance,

› Tremble de blasphémer ce que tu dois bénir.

» Pour fonder dans la paix ton règne qui commence,

» Ouvre ton cœur à l'espérance ;

» Elle est la mère d'avenir.

Mars 1848.

ABD-EL-KADER.

ABD-EL-KADER.

⋟❊❉❊⟨

. . . . Invidieranno
Forse l'età future
Più che itrïonfi mïei le mïe sventure.
(Métastase.)

Il est donc vrai , ce cri de gloire

Qui vient d'éclater jusqu'à nous ?

Il est donc vrai que la victoire

A comblé nos vœux les plus doux ?

Réponds , courageuse milice ,

Comment as-tu pris dans la lice

Ce trop fameux Abd-el-Kader?

Comment enfin la destinée,

Pour lui si longtemps inclinée,

Brisa-t-elle ce bras de fer?

※

Triomphe merveilleux, trophée incomparable!

Sous notre pavillon l'émir cherche un abri.

La fortune a dompté ce génie indomptable,

  Naguère son cher favori.

Il entre en son repos, lui, dont la renommée,

  Soulevant la vieille Idumée,

  Vola de l'Atlas au Liban.

Il n'est plus au désert le prophète sauvage,

Si digne de léguer aux croyants d'un autre âge

  L'éternel orgueil du turban.

Cet insaisissable adversaire

Illustre par tant de combats,

Qui, dans sa fougue incendiaire,

Nous ravissait tant de soldats,

Qui, sur la frontière alarmée,

Traînant sa vagabonde armée

A des massacres familiers,

Allait raconter nos défaites

Et verser sa moisson de têtes

A ses antres hospitaliers.

En célèbres travaux, que ses jours sont fertiles,

Et qu'il étendit loin son sceptre indépendant.

Oran et Médéah, Koulouglis et Kabyles

Subirent son fier ascendant.

Le Sig et la Macta, sur leurs rives troublées,

De nos colonnes ébranlées

L'ont vu braver les vains efforts.

Son cruel yatagan, sur la côte africaine,

Aux torrents, étonnés de couler sous sa chaîne,

A fait quinze ans rouler des morts.

Mais dans sa vie aventureuse

Il n'a pas trouvé que des fleurs ;

A sa coupe délicieuse,

Nous avons su mêler des pleurs.

Montagnac, la bravoure même,

Victime d'un noir stratagème,

Le fit rougir de ses succès.

Car, dans ses conquêtes brutales,

Jamais ses palmes triomphales

N'eurent l'éclat de nos cyprès.

Lorsqu'il passait, pareil au démon des orages,

Et nous enveloppait d'horribles tourbillons,

Nous comptions, pleins d'orgueil, pour parer ses ravages,

Les sabres des vieux bataillons,

Nos chefs, jeunes d'ardeur et mûrs d'expérience,

Dignes envoyés de la France,

Que l'avenir applaudira :

Ce Clausel, emporté par sa bouillante audace,

Qui grava dans sa course une si forte trace

Sur les débris de Mascara.

Vallée, indomptable courage,

Si prudent et si fortuné ;

Cavaignac, par notre suffrage,

D'un brillant fleuron couronné ;

Négrier, martyr de la gloire ;

Duvivier, si cher à la victoire,

Des paladins, noble rival ;

Et toi, brave Lamoricière,

Toi, le Scipion de notre ère,

Vainqueur du moderne Annibal.

Fuyant les Marocains, dans son essor rapide,

Il s'est venu jeter, lui-même, en tes filets.

Tu l'as reçu vivant sous ta puissante égide,

Avec son reste de sujets.

A travers les débris dont il jonchait sa route,

Sa vanité cherchait sans doute

Un trône..... Il s'était trop flatté.

Il a, non sans regret, vu s'achever son rêve

Et s'éclipser aux cieux, lorsqu'est tombé son glaive,

Le soleil de sa liberté.

Le voilà prisonnier de guerre,

Par d'irréparables revers,

Expiant sa grandeur amère

Sans espoir de briser ses fers.

Il fut lâche..... qu'il s'en souvienne.

Sa noire, sa barbare haine

N'eut-elle pas d'affreux accès?

Et, dans sa fureur dérisoire,

N'a-t-il pas souillé la victoire

Du sang de quatre cents Français?

⌘

Traître de la Tafna, fléau de l'Algérie,

Abandonné du sort, sans smala, sans secours,

Comment a-t-il osé choisir Alexandrie

Pour asile des mauvais jours?

Comment nos généraux, tant de fois ses victimes,

Lui trouvaient-ils, malgré ses crimes,

Ce noble droit qu'il n'avait plus?

Ne connaissaient-ils pas la vertu d'un parjure?

Savaient-ils, qu'aux vainqueurs, c'est la dernière injure

De subir la loi des vaincus?

⌘

Mères, si longtemps éplorées,

Dont les fils tombaient sous ses coups;

Vous, épouses désespérées,

Dont il immolait les époux;

Vous, héros, ombres funéraires,

Qui, dans vos linceuls militaires,

Dormez le sommeil du trépas,

Relevez-vous, tordez sa chaîne;

Buvez ses pleurs, doublez la peine

Due à ses heureux attentats.

Quels égards bienveillants doit-il attendre encore

D'un peuple convaincu de sa déloyauté?

Quel abri lui promet ce drapeau tricolore

Qu'il a tant de fois insulté?

Est-il pour l'orgueilleux, dont l'audace profonde

A troublé le repos du monde,

Un assez rude traitement ?

Et pourrait-il trouver nos arrêts trop sévères

Si, le frappant des traits dont il frappa nos frères,

Nous lavions le sang par le sang ?

※☼⁂

Mais où m'emporte mon délire ?

Arrière la témérité !

Est-ce au poète, est-ce à la lyre

D'inviter à la cruauté ?

Non ! non ! Rappelons la clémence.

Sainte patrie, auguste France,

Conserve bien ton vieil honneur ;

Sois généreuse et tutélaire,

Car, tu le sais, rien sur la terre
N'est sacré comme le malheur.

Et d'ailleurs, dans un duel de puissance à puissance,
Dans un vaste conflit, dans un choc de grandeurs;
Lorsque deux nations disputent de vaillance,
Est-ce un jeu de gladiateurs?
N'est-ce pas au contraire un spectacle sublime
Où le plus fort à sa victime
Daigne tendre un bras généreux;
Du sein de son vaincu sait détourner son glaive,
Et pose, sur son front que le pardon relève,
La moitié du laurier des preux?

Approche, illustre capitaine,

Ta place est au milieu de nous;

Au souvenir de Sainte-Hélène

Nous oublions notre courroux.

Laissons à la lâche Angleterre

Ce système d'ignoble guerre

Que tant de voix ont tant flétri.

Songeons que l'inflexible histoire

Est un trône pour toute gloire,

Et, pour tout crime, un pilori.

Toi, notre juste orgueil, jeune et belle Algérie,

Dont nous avons longtemps protégé le berceau,

Pour tes nombreux colons deviens une patrie,

Couvre-les de ton saint drapeau.

Ne crains rien ; près de toi nous ferons sentinelle.

Honore ton guide fidèle

De notre pouvoir revêtu ;

Sur le Coran détruit affermis l'Évangile ,

Fais fleurir dans ton sein par une paix utile

Les arts , les lois et la vertu.

‡‡⊕‡‡

Dieu , souris à notre espérance ,

Comble de tes bienfaits divers

La tendre fille de la France

Qui grandit par delà les mers.

Puisse-t-elle, heureuse et féconde,

Être le modèle du monde ,

L'asile éternel du bonheur.

Que son avenir soit prospère ,

Et, comme la gloire est sa mère,

Que la liberté soit sa sœur.

Février 1848.

A L'ITALIE.

A L'ITALIE.

꧁❀꧂

Divine Juliette au cercueil étendue ;
Toi qui n'es qu'endormie et que l'on croit perdue.
Italie ! ô beauté ! . . . .
        (Auguste BARBIER.)

Italie ! ô belle Italie !

Foyer des antiques vertus ;

Des nobles souvenirs généreuse patrie ,

Dormiras-tu toujours sous une chaîne impie ,

Ton radieux passé ne revivra-t-il plus ?

Sur tous les horizons quand la tempête gronde ;

Lorsqu'enfin le progrès rajeunit le vieux monde,

Ne tressailles-tu pas, ô mère des Brutus?

᪇

N'entends-tu pas ces cris de guerre

Que répand au loin sur la terre,

Le vent des révolutions?

Ne vois-tu pas aux cieux sur son char de victoire,

Briller, comme un ange de gloire,

La liberté des nations?

᪇

Déjà les géants d'Helvétie

Relevant leur sacré drapeau,

Ont renversé dans le tombeau

Les restes exécrés de l'aristocratie.

Déjà la Pologne a frémi,

Et, s'indignant d'un long martyre,

Prête à rétablir son empire

Jette un serment de mort à son triple ennemi.

Déjà l'autocrate s'alarme,

Saisi de vertige et de peur ;

Et la France, ta jeune sœur,

Essuyant sa dernière larme,

Avec la république a conquis le bonheur.

Et tu respecterais encore

Ceux que tu sers avec horreur ?

Et tu n'oserais pas frapper d'un bras vengeur

L'oppresseur qui te déshonore ?

Au vau eur Autrichien, qui déjà te dévore,

Malheureuse, crains-tu de disputer ton cœur ?

Italie ! ô belle Italie !

Foyer des antiques vertus ;

Des nobles souvenirs généreuse patrie,

Dormiras-tu toujours sous une chaîne impie,

Ton radieux passé ne revivra-t-il plus ?

Orgueil du Tibre et terreur de Carthage,

O Régulus ! ô Scipions !

Ombres des deux Graccus ! mânes des deux Catons !

Pleurez ! la tyrannie a brisé votre image ;

Pleurez ! on a détruit votre immense héritage ;

Pleurez, on a souillé vos noms.

Vos fils dégénérés, sans laver leurs affronts,

Meurent en paix dans l'esclavage.

L'Ausonie a perdu ses antiques soutiens.

Les assujétissant à de stupides charmes,

L'indolence arracha les armes

A ses imprudents gardiens.

Elle a presque oublié dans sa chute suprême

Tous ses prodiges d'autrefois.

Elle, mille ans reine des rois,

Prosternée aujourd'hui devant leur diadème,

Réduit son vieil honneur à ramper sous leurs lois.

Les Germains, milice barbare,

Sicaires soudoyés d'un despote inhumain:

Que l'égoïsme aveugle et la frayeur égare,

Destructeurs du monde romain;

A Vérone, à Mantoue, à Ravenne, à Ferrare

Veillent, la vengeance à la main.

Italie ! ô belle Italie !

Foyer des antiques vertus ;

Des nobles souvenirs généreuse patrie ,

Dormiras-tu toujours sous une chaîne impie ,

Ton radieux passé ne revivra-t-il plus?

ᗒᗕ

Mais que dis-je ?... Quel voile injuste

Me dérobait la vérité ?

Rome est toujours la Rome auguste ,

La Rome de la liberté.

C'est de là qu'est parti , pour voler aux conquêtes ,

Le progrès partout triomphant.

C'est là que s'est levé le soleil de nos fêtes ;

C'est là qu'a retenti le signal des tempêtes

Qui labourent le continent.

Le Jupiter du Capitole

A vu, divinité frivole,

Passer sa foudre inerte en de plus fortes mains.

O Christ, tu n'es pas une idole;

Tes dogmes bien compris sauveront les Romains.

O Christ, type incarné de toute indépendance;

O Christ, apôtre saint de la fraternité;

Dieu, victime par l'ignorance,

Dieu, martyr pour l'humanité,

Ton vicaire ici-bas, le Pontife suprême,

L'organe de ta volonté,

Aux regards du monde enchanté

Paraît comme un autre toi-même.

Couronné des splendeurs du triple diadème,

Il fait son plus doux vœu, son plaisir le plus doux,

D'obéir au peuple qu'il aime,

D'être le défenseur, le serviteur de tous.

Lorsqu'il tend son bras tutélaire

Et son sceptre réparateur,

Tendre envers l'opprimé, fort contre l'oppresseur,

Il est, tout à la fois, héros, pasteur et père.

On ne combattra pas sans lui ;

Qu'il bénisse le camp comme il bénit l'église ;

Au mont sacré, nouveau Moïse,

Qu'il prie, et le Seigneur nous rendra son appui.

Fuyez, Germains ; fuyez, bandes accoutumées

A semer le ravage et l'horreur sur vos pas ;

Fuyez, du despotisme injurieux pygmées,

Partout la Péninsule enfante des soldats ;

Partout se lèvent des armées

Qui vous attendent aux combats.

Ah! que n'ont-ils plutôt, pour venger leur querelle,

Versé le plus pur de leur sang?

Pourquoi Venise dormait-elle

Dans un repos indifférent?

Pourquoi la superbe Florence;

Pourquoi Gênes, Naples, Milan

Sonnent-elles si tard l'heure de délivrance,

Forment-elles si tard la commune alliance

Pour chasser le commun tyran?

C'en est fait : le soleil n'a plus longtemps à luire

Sur ces impitoyables rois.

Tous les trônes sont à détruire;

Sont à conquérir, tous les droits.

D'un essai valeureux on peut prévoir les suites :

Pour réduire au néant tous ces vains satellites,

Pour vous affranchir sans retour,

Pour achever cette œuvre impérissable, immense,

Le peuple a la toute puissance,

Il change le monde en un jour.

Italie ! ô belle Italie !

Foyer des antiques vertus ;

Des nobles souvenirs généreuse patrie,

Tu ne dormiras plus sous une chaîne impie,

Tu seras libre encore, ô mère des Brutus.

Juin 1848.

A Dupont (de l'Eure.)

⧓

Les Journées de Février.

À Dupont (de l'Eure.)

○

Les Journées de Février.

❧❀❧

Des fleurs à pleines mains, des fleurs pour ces guerriers !
Jetez leur, au hasard, des couronnes civiques ;
Ils ne tomberont, vos lauriers,
Que sur des têtes héroïques.
(Casimir DELAVIGNE.)

Levez-vous, héros magnanimes,

Tombés pour nous au champ d'honneur !

Paraissez, illustres victimes,

Notre amour et notre bonheur !

15

Laissez nos lèvres altérées,

Baiser ces blessures sacrées,

Rançon de notre liberté.

Que le monde entier vous contemple !

Et que la France dresse un temple,

Aux martyrs de l'humanité !

꧁꧂

Ils devaient succomber au sein de leur victoire,

Vainqueurs dont notre front portera le laurier,

Sans pouvoir raconter aux siècles de l'histoire

Les souvenirs de *Février*.

Vous, leurs fiers compagnons, leurs généreux complices ;

Vous, dont les mâles cicatrices

Rayonnent aux yeux du pays,

Dites-nous le courage et la vertu des braves,

Lorsque s'est réveillé, pour rompre ses entraves,

Le noble peuple de Paris !

ꝏ

Dites-nous quels exploits célèbres

Se sont accomplis devant vous,

Et combien, dans ces nuits funèbres,

Se sont frappés d'horribles coups !

Dites-nous l'ardeur de votre ame,

A dénouer ce vaste drame,

De justice et de loyauté,

Le grand procès des barricades,

Que plaidèrent les fusillades,

Que gagna la fraternité !

ꝏ

Tels on vit autrefois les vaillants fils de Rome,

Ces hardis défenseurs du nom républicain,

Fidèles à leurs droits s'unir comme un seul homme

Pour briser le joug de Tarquin.

Soudain, de tout côté sur sa coupable tête,

Avant-coureurs de la tempête,

Retentirent de longs serments,

Quand le premier Brutus de sa main vengeresse

Brandit, tout palpitant du pur sang de Lucrèce,

Le fer qui chassa les tyrans.

Tels naguères les preux de France,

Dont le bras ne saurait fléchir,

Conspirèrent leur délivrance,

Impatients de s'affranchir.

Lorsqu'enfin, ô sainte patrie,

On arracha la lame impie

Qui perçait ton flanc profané ;

Soudain, de toute sa colère,

Gronda le géant populaire

Contre le bourreau couronné.

En vain, se sont montrés ces fantômes sinistres,

Ces argus de police autour de nous rôdants;

En vain, tonnent d'en haut ces orageux ministres

Avec leurs foudres imprudents ;

En vain, au parlement qu'une armée environne,

Les muets serviteurs du trône,

Lui prêtent leur vote et leur vœu.

En vain, ce rôi félon qu'à bon droit on abhorre,

Dans son aveuglement pense une fois encore

Tromper le jugement de Dieu ;

Le peuple, souverain sublime ,

Doit, par un élan rédempteur ,

Contre un pouvoir plus légitime

Changer un sceptre usurpateur.

Dans sa confiance héroïque ,

Il va , du banquet politique

Il va redemander sa part.

Et si , par des tendresses feintes ,

On ose répondre à ses plaintes ,

Il saura crier : *c'est trop tard !*

La foule avec tumulte en cent lieux s'amoncelle,

Soulevé par l'orage ainsi roule un torrent,

Et l'étendard flottant qui les bat de son aile

Semble leur demander du sang.

Le paria du jour, qui dévorait sa haine,

Agite sa pesante chaîne

Pour la briser dans un combat.

Car il veut déposer son fardeau de misère,

Il veut sauver ses fils; il veut venger sa mère

Morte de faim sur un grabat!

Contentez votre ignoble envie,

Monstres exercés aux forfaits!

Qui meurt chaque heure de sa vie

N'a pas crainte de vos boulets!

Voyez la beauté citoyenne,

Qui nous devance dans l'arène

Pour porter le coup le plus beau !

Et voyez cet enfant sublime,

Qui sourit aux balles du crime,

Enveloppé du saint drapeau !

＊

C'est trop tard ! Ce signal de menace profonde,

Tous les échos français l'ont au loin répandu,

Tous les vents l'ont jeté jusques au bout du monde ;

Tous les astres l'ont entendu.

Au moment du péril le triomphe commence.

Les nations dans la balance

Pèsent plus que leurs oppresseurs ;

Le despote s'enfuit, plein d'une rage amère,

Emportant avec lui sur la rive étrangère

La malédiction des cœurs !

־✲ֿ

Les pavés de la capitale

Entassés par des soins rivaux

Arrêtent, barrière fatale,

La fureur des municipaux.

La peur disperse les sicaires ;

Déjà se mêlent les bannières ;

Les deux camps se tendant les bras.

·Et les tambours de la milice

Roulent l'éternel armistice

Entre citoyens et soldats.

Que la Seine en passant entraine les vestiges

D'un conflit, tout ensemble, et si triste et si doux !

Que le brillant soleil, témoin de nos prodiges,

Boive le sang versé pour tous !

Qu'on porte au Panthéon ces martyrs de la lutte

Qui dorment au lieu de leur chute !

Sous le linceul victorieux

Que l'ordre reparaisse où parut la vengeance,

Et que tous les Français, en bénissant la France,

Demain, se réveillent heureux !

Jours qui dissipez nos misères,

Jours entre tous les jours sacrés,

Par de joyeux anniversaires

Soyez à jamais célébrés !

Puissent nos enfants d'âge en âge

Conserver le saint héritage

Reconquis par notre valeur !

Puissent, dans cette ère nouvelle,

Par la concorde universelle,

Tous les cœurs ne former qu'un cœur !

Monarques, répondez ! Direz-vous sans blasphème

Que le ciel a maudit nos révolutions ?

Qu'il n'est pas avec nous ? que ce travail suprême

N'est que l'œuvre des factions,

Quand la religion, d'une voix fraternelle,

A la République immortelle

La première a crié : *Ma sœur !*

Quand le Christ, dont le peuple a reçu la lumière,

Dieu victime à la fois et sauveur de la terre,

Triomphe du triomphateur.

Mais, au lieu du lâche parjure,

Qui dirigera notre sort ?

Quel Pilote d'une main sûre

Conduira le navire au port ?

O vainqueurs de la tyrannie,

Appelez à vous le génie,

Le caractère et les vertus.

Il faut qu'un avenir se fonde ;

Il faut construire un nouveau monde

Sur le vieux monde qui n'est plus.

Paraissez devant nous, élus des trois journées,

Assemblage étonnant des noms les plus chéris !

Montrez-vous à nos yeux, têtes prédestinées,

Grands serviteurs du grand pays !

Les voilà ! *Place ! place !* Au milieu d'eux s'avance

Un homme, ange d'intelligence,

Pontife investi de nos droits ;

Colombe de la muse, aigle de l'éloquence,

Qui vit un trône altier où siégeait la démence,

S'écrouler au bruit de sa voix.

‹‹‹

Éclaire-nous de ta sagesse,

Nestor de nos représentants !

Couronne ta longue vieillesse,

Tes services de soixante ans !

Toi, qui vis dans toute mémoire ;

Toi, dont rien ne dément la gloire,

Dont l'honneur ne faillit jamais,

Dupont, ô vieillard homérique !

Père de notre République ,

Sois le Washington des Français !

⁂

O liberté, salut ! charme de ma pensée;

Cette fois , de nos murs tu ne sortiras pas.

Nul traître , cette fois , ô belle fiancée,

Ne t'arracheras de nos bras.

Tu seras désormais notre idole chérie ;

Tu consoleras la patrie

De tous les maux qu'elle a soufferts.

De tes bienfaits sans nombre exploitant les prémices ,

Nous accoutumerons à tes pures délices ·

Tous nos frères de l'univers !

Mars 1848.

A CABET.

A CABET.

❧✧❧

Les sages , disons mieux , ceux qui prétendent l'être,

Dans l'espoir de servir ou celui de paraître ,

Erostrates masqués en redresseurs de torts ,

Cachent leur code noir sous de brillants dehors ,

Des plus déshérités ils épousent la cause

Et pour le bien public inventent quelque chose.

Notre époque, féconde en talents créateurs,

Plus que toute autre, a vu de pareils novateurs.

16

Qui, prônés par des fous et des énergumènes,

Aux yeux des bonnes gens sont de vrais phénomènes.

Si le peuple, insensible à leurs séductions,

Traite leurs grands desseins de pures fictions;

S'il fait la sourde oreille aux clameurs des sophistes,

Et met tous à l'index nos pâles utopistes,

Alors, ces rodomonts, trompés dans leurs désirs,

Se couvrent bravement du titre de martyrs;

S'applaudissent tout haut de trouver des obstacles,

Pour se donner le ton de faire des miracles;

Font consister leur droit en leur minorité,

Et dans la déraison placent la vérité.

N'est-tu pas de ce nombre, ô rêveur fantastique!

Qui tiens dans ton cerveau toute une république?

Toi qui, du vieux Babeuf exhumant les projets,

Crois à tort nous guider au chemin du progrès ?

Qui, de Robert-Owen copiant les mystères,

Mènes les ignorants au pays des chimères ?

Sans doute, un noir démon, un esprit ténébreux

Te fit son interprète auprès des malheureux ?

Pour nos péchés, sans doute un morose génie

Engendra dans ton cœur *l'icariomanie ?*

Ah ! que, du moins, le sort du maint réformateur,

T'inspire d'abdiquer ton rôle d'imposteur !

Que l'horreur qui s'attache à tous tes prosélytes

T'instruise du néant de tes erreurs maudites !

Enfantin et Bazard ne t'ont-ils pas appris

Combien le ridicule assumait de mépris ?

Ne sais-tu pas qu'il faut, au bon sens de la France,

Mieux que des songes creux et de l'extravagance ?

De ce vague idéal, par toi-même adopté,

Tu comprendras bientôt toute l'absurdité ;

Tu sentiras un jour, dans un tardif supplice,

Quels maux aura causés ta fièvre novatrice,

Et tu condamneras, avant d'aller à Dieu,

Ton ame au repentir, tes grimoires au feu.

Quel fruit, jusqu'à cette heure, ont produit tes doctrines,

Barricades et clubs, émeutes et ruines ;

Que sont-ils devenus tes sectateurs fameux

Qui, trouvant parmi nous le ciel trop rigoureux,

Bien loin du sol natal, au milieu des barbares,

Avec leurs *six cents francs*, ont porté leurs dieux lares ?

Tous ceux qui, sur la foi de tes illusions,

Ont montré ton flambeau sur d'autres horizons,

Et, cherchant par les mers *le pays de Cocagne*,

Sont allés habiter les *châteaux en Espagne*,

Que sont-ils devenus ?..... Dans leur lointain séjour,

Peut-être, ils ont rêvé l'impossible retour.

Peut-être ils sont là-bas, entourés de sauvages,

Arrosant de leur sang d'infertiles rivages,

Regrettant, sans espoir, le bonheur d'autrefois,

Et maudissant ton nom d'une mourante voix.

Impie exécuteur d'un fatal syllogisme,

Crois-tu changer le monde avec ton communisme ?

Pour atteindre le but que tu poursuis toujours,

Marcheras-tu dans l'ombre et par d'adroits détours ?

Ou, laissant de côté propagande et cabale,

Viendras-tu t'imposer par la force brutale,

Et faire pratiquer à tes réprobateurs

Des dogmes révoltants qui ne sont pas les leurs ?

Non ! des républicains, des citoyens de France

Ne se dépouillent pas de leur indépendance.

Ils ont trop de courage, ils ont trop de fierté !

Non ! ils n'oseront pas vendre leur liberté ;

Non ! ils ne perdront plus leur meilleure conquête

Et le joug monacal n'étreindra plus leur tête.

Ils ne subiront pas, sans avoir résisté,

L'abrutissant niveau de ton égalité :

Le vice, la vertu, le savoir, l'ignorance

N'auront ni même emploi ni même récompense.

Non ! la fraternité, ce doux ange d'amour,

N'ira pas chez les tiens établir son séjour :

Tes étroits règlements, ta sotte discipline

Font, de la vie, un jeu ; de l'homme, une machine.

Pourtant la sympathie, ô grand législateur !

Ne sort pas du hasard, mais émane du cœur.

Avec la passion de remuer la terre,

Aux bornes de nos champs tu déclares la guerre,

Et, dans tous les calculs, recherchant l'unité,

Tu veux tout absorber en ta communauté.

Moi, toi, le mien, le tien sont des mots égoïstes

Qui n'ont pas trouvé place aux chartes communistes.

Chaque propriétaire, abrité sous la loi ,

Est le pire voleur...... Proudhon l'a dit pour toi...

Sans nul doute, il plairait à tes enfants prodigues

De choisir une part du fruit de nos fatigues ;

Insensés ! votre espoir ne s'accomplira pas ,

Car, ce n'est pas pour vous qu'on garde le veau gras.

Ah ! si tes partisans, dans leur audace impie,

Réalisaient un jour ta funeste utopie,

Loin , bien loin , s'enfuirait le progrès indigné ;

A n'avoir plus d'autel Dieu serait condamné.

Objets du culte impur de ces ames frivoles,

Les passions seraient les premières idoles ;

On lâcherait le frein à l'immoralité

Jusqu'à ce que le ciel, justement irrité,

Se reprochant encor d'avoir créé les hommes,

Livrerait à ses feux les modernes Sodomes.

C'est un bien grand malheur que ton ambition

Te ravale au degré d'un chef de faction ;

C'est un bien grand malheur que tu ne sois en France

Qu'un sombre épouvantail, qu'un sinistre embaucheur,

Toi, qui, de ton pays, devrais être l'honneur ;

Toi, que ton beau talent et ta vertu civique

Auraient porté si haut dans l'estime publique ;

Toi, qui, de février, si tu l'avais voulu,

Pouvais être l'oracle et le joyeux élu.

Par un coup du hasard, déplorable et bizarre,

L'erreur et le vertige, ô successeur d'Icare !

D'un vaniteux espoir ont enflé ton cerveau,

Tu t'es laissé nommer phare, soleil, flambeau.

On t'a cru le Platon de la démocratie ;

Du dix-neuvième siècle on t'a cru le messie.

Mais moi, qui ne suis pas au nombre des croyants,

Qui souris de pitié lorsqu'on t'offre l'encens,

Je te dirai, Cabet, pour finir la louange,

« Toi qui sembles un Dieu, tu n'es qu'un mauvais ange. »

Juillet 1818.

Aux Combattants d'Avril.

Aux Combattants d'Avril.

Non, non, ils ne s'égaraient pas
Vers un avenir illusoire ;
Ils ont prouvé, par leur trépas,
Qu'aux Décius on pouvait croire.
(Hégésippe MOREAU.)

Français ! peuple libre d'entraves,

Célébrons ces héros morts pour l'humanité,

Ceux dont le sang, versé sur la terre des braves,

A fait germer la liberté.

Bénissons ces soutiens de notre indépendance,

Ces martyrs du progrès qui vient de triompher,

Et, par notre reconnaissance,

Unissons dans nos cœurs AVRIL et FÉVRIER.

Partout ils voyaient la misère :

Le pauvre dévorait son pain trempé de pleurs;

L'enfant mourait de faim dans les bras de sa mère,

C'était le règne des malheurs.

La cour, habituée à trafiquer du crime,

S'était fait dans les lois un scandaleux abri;

La France était une victime;

Les chambres, un marché; le trône, un pilori.

Las de subir le joug d'un cruel fanatisme,

De contenir le feu de leur patriotisme,

Ces hardis conjurés, ces preux impatients,

  Un jour, par d'orageux serments,

Jurant de s'affranchir de leur longue infortune,

S'offrent en sacrifice à la cause commune,

  Et, dans un magnanime effort,

Demandent au pays la justice ou la mort.

Dès lors, rien n'éteignit leur colère allumée.

La tyrannie, en vain, fit mouvoir son armée;

Et ses agents secrets, rompus aux trahisons;

  Et sa ceinture de canons.

On ne vit point faillir leur constance héroïque :

Nous les comptâmes tous dans l'arène civique,

  Où, sans armes et sans secours,

Contre les oppresseurs ils tinrent quatre jours.

Quatre jours, dans leur résistance,

Ils ont mis en échec l'autorité des rois.

Sans trêve, quatre jours, pour notre délivrance,

Ils ont prodigué les exploits.

Lyon, juste témoin de leur chute féconde,

Garde encor de leur gloire un noble souvenir,

Et, seul, peut raconter au monde

Ce que leur dévoûment a fait pour l'avenir.

O vous, ô combattants célèbres,

Tombés en invoquant sur nous des jours plus beaux !

Reposez-vous en paix dans vos couches funèbres,

Nos bras ont puni vos bourreaux.

La sainte liberté, votre idole chérie,

Ne traîne plus les fers d'un despote inhumain ;

Pour le bonheur de la patrie

Les tyrans ont fait place au peuple souverain.

Et vous, leurs compagnons, vous qui, chargés de chaînes,

Avez trop supporté d'insupportables peines,

Venez, secondez nous, défendons à tout prix

Les biens que nous avons conquis.

Guerre à tout prétendant dont l'audace perfide

Étendrait sur nos droits sa main liberticide !

Frères, dans ce commun danger,

Prenons pour cri d'alerte : AVRIL et FÉVRIER.

Mars 1818.

ARMAND CARREL.

ARMAND CARREL.

⟶⟨3✦8⟩⟵

Juste, martyr d'une brutale haine,

Qui dûs si tôt nous laisser sans soutien,

Noble Français dont la voix citoyenne

Frappait d'effroi le tyran citoyen ;

Toi, qui du peuple écoutant les murmures ;

Toi, qui des rois accusant les excès,

Vouais au ban ces majestés parjures ;

Armand Carrel, ah ! si tu revenais !

⁂

Tu nous verrais, dignes fils de la France,

Te décerner un fraternel honneur ;

Tu nous verrais, pleins de reconnaissance,

Louer ton nom et te bénir en chœur ;

Tu nous verrais, par un sincère hommage,

Te consacrant nos plus touchants regrets,

Pleurer ensemble au pied de ton image...

Armand Carrel, ah ! si tu revenais !

⁂

Impatients du joug de nos despotes,

Par notre front trop longtemps supporté,

Nous avons su, généreux patriotes,

Briser nos fers en chantant liberté ;

Nous avons su, sagement unanimes,

Des dieux d'argent purger le sol français.

Notre réveil a puni bien des crimes...

Armand Carrel, ah ! si tu revenais !

VIII

Le temps n'est plus où la vertu, muette,

N'osait braver d'insolents oppresseurs ;

Où le courroux, hélas ! sans interprète,

Comme un volcan grondait au fond des cœurs.

Le temps n'est plus des honteux sacrifices,

L'honneur fleurit sous la loi du progrès ;

De l'âge d'or nous goûtons les prémices.....

Armand Carrel, ah ! si tu revenais !

Adieu les pairs et l'aristocratie,

Et la régence, et les Bourbons jaloux ;

Le seul mérite est grand dans la patrie

Sous un pouvoir fait par tous et pour tous.

Adieu la cour , adieu les anarchistes;

En attendant de plus brillants succès,

Nous combattons contre les utopistes.....

Armand Carrel, ah! si tu revenais !

Lâchant sur nous leur meute de vandales ,

Nos ennemis, d'un zèle réacteur,

Par le récit de vieilles saturnales ,

De la province exploitent la terreur ;

Mais c'est en vain que leur rage s'applique

A conspirer de féroces projets ;

En dépit d'eux vivra la République.....

Armand Carrel, ah! si tu revenais!

＞Ｑ＜

Malheur à vous, dont l'arrogant cynisme

Conserve un pacte avec la royauté!

Malheur à vous, Titans de l'égoïsme,

Qui résistez à la fraternité!

Abandonnez une folle espérance!

Nos bras sont là pour garantir la paix;

Nous ne voulons que des heureux en France...

Armand Carrel, ah! si tu revenais!

Juin 1848.

TABLE.

ERRATA.

Page 23, vers 6: O liberté noble envoyée des cieux, *lisez:* O liberté noble envoyé des cieux.

Page 56, vers 3 : Enivrons d'oubli, *lisez:* Enivrons-nous d'oubli.

Page 38, vers 3: Voici que le riant bocage, *lisez:* bocage.

Page 99, vers 13: Morts immortel, *lisez:* Morts immortels.

Page 168, vers 11: Pour défendre ses droits, *lisez:* Pour soutenir ses droits.

Page 202, vers 6: Duvivier si cher à la victoire, *lisez:* Duvivier cher à la victoire.

La Guillotière, imprimerie de J.-M. Bajat, cours d'Austerlitz (ci-devant de Brosses) 8.

LA GUILLOTIÈRE, TYPOGRAPHIE RAJAT.

www.ingramcontent.com/pod-product-compliance
Lightning Source LLC
Chambersburg PA
CBHW071826020726
47502CB00004B/1257